大活字本シリーズ

俳句への旅《上》

森 澄雄

埼玉福祉会

俳句への旅　上

装幀　関根利雄

目次

Ⅲ　現代俳句の風土

Ⅳ　近・現代の俳句小史

十二　女流俳人の輩出

Ⅰ　俳句のすすめ

俳句のすすめ

一　定型と季語

俳句といえば、多分みなさんも、学校でならったり、何かの本で読んだりして、きっと一つや二つは御存じのことであろう。たとえば芭蕉の、

古池や蛙(かはず)飛び込む水の音

や、蕪村の、

菜の花や月は東に日は西に

の句はみなさんもどこかできききおぼえのある句であるにちがいない。そして、俳句というと、何だか古くさいもの、むつかしいもの、とお思いになったかも知れない。

また一茶の、

やれ打つな蠅(はえ)が手を摺る足をする

雀の子そこのけそこのけ御馬(おんま)が通る

などの句もきっとおよみになったことがあると思う。そして、なあんだこんなのが俳句か、それならおれにもできるとお思いになったかも知れない。

だが、芭蕉や蕪村の句も、なるほど学者の先生方のように、むつかしく考えれば、いくらでもむつかしく考えることができるが、あらためてよく考えてみれば、決してそれほどむつかしい情景をよんでいるわけではない。すこしよどんだような古い池、その静かさの中に蛙が飛び込んで一つ小さな音をたて、またもとの静かさにかえった、というごく当り前の情景だし、蕪村の句も広い黄色い菜の花畑に、東から月がのぼり、太陽が西に沈んでいく、そんな太陽と月が空にかかっている情景は誰でも見ることができる風景である。頭から俳句はむつかしいものと考えないで、気持を楽にしてほしい。

じっさい、小学生や中学生の雑誌の俳句欄の選をしていて、大人のぼくがはっとするようないい俳句にぶっつかることもたびたびある。芭蕉も「俳諧(はいかい)は三尺の童(わらべ)にさせよ」といっているくらいだが、理屈の多い大人の句よりも、子供の方が純粋で、風景や自分の生活を素直な心でうたっている場合が多いのである。例をあげてみよう。

むらすずめいねをかられて空をゆく

これは中学一年生の句である。「むらすずめ」はむらがっているすずめのこと。稲がみのっているころは稲雀(いなすずめ)といって、いねの穂にむらがっていた雀も、稲を刈られてしまっていまはむなしく広い田んぼの空を飛んでいるという、稲刈りの終ったあとの情景がよくよまれている。

校 庭 を イ ヌ が 通 る よ 夏 休 み

これも同じ中学一年生の句。いつもはにぎやかな校庭も、いま夏休みでひっそりしている。その静かな校庭を犬が通っているのである。これも夏休みの校庭のようすを実によくうたっている。

病 室 に 菜 の 花 い け て 退 院 す

これは同じ年ごろの少女の作品。今日退院するのだが、長らく御世話になった病室に菜の花を活けて退院したのである。退院するのに花を活けるのは無駄だとお思いになるかも知れないが、実にやさしい心がこもっている。

さて、みなさんもこういう俳句をよんで、いい俳句だなあとお思いにならないだろうか。そしてこれならおれにも私にもできるとお思いにならないだろうか。俳句は自然の風景や自分の生活をよく見て、それを素直な心で写せばいい。ただ素直な心になることがむつかしいことかも知れない。

さて、ここで俳句にはきまった約束があることを申し上げておこう。その一つは、みなさんも御存じのように、俳句は五・七・五の十七音からなる、きまった型（かたち）をもっているということである。多分きゅうくつだなあとお思いになるかも知れないが、最初指おり数えて字数を合せながら俳句を考えることも楽しみなことといえる。そしてすぐなれるであろう。

もう一つは、一句に必ず季節をあらわす言葉──季語を入れることである。さきにあげた俳句で言うと、「蛙」（春）、「菜の花」（春）、「蝿」（夏）、「雀の子」（春）、「稲（いね）」（秋）、「夏休み」（夏）ということになる。日本は気候にめぐまれ、春・夏・秋・冬と四季がはっきりしている。四季それぞれに咲く花、その中でいとなまれる人間のくらしや行事、それらをこまかくとりあげて記載したものに「俳句歳時記」というものがあるが、これは俳句を作る上でぜひ必要なものである。また日本文化のエッセンスといってもいいものだが、いずれ手もとに置いていただくとして、まず俳句を気楽に作ることからはじめてほしい。

たとえ小さな俳句でも、ものを作る――創作することは楽しいことだし、きっとみなさんの日々の生活をゆたかなものにしてくれるであろう。

二　写生

前章は俳句の基本、つまり、俳句が十七音の定型詩であること、それに必ず季節のことば（季題・季語）がはいることをのべた。この章では俳句の基本的な方法である写生についてのべてみよう。

その前に、一つの質問をみなさんにしてみる。次のＡ・Ｂの二つのさくらを詠んだ作品のうちでどちらがいい俳句といえようか。

Ａ　庭のすみ芽が出たさくら春を待つ

Ｂ　さくら咲き川のほとりの人ざかり

Ａは、「春を待つ」が冬、Ｂは「さくら」が春の季題で、それぞれ一応俳句の形になっている。

Ａは、庭のすみのさくらの木が、冬のうちもう芽を出して、花のひらく春を待っているのである。しかし、芽が出て花をひらく春を待っているのは、さくらに限らない。いわば当り前のことをいっているに過ぎない。この句には自分で見つけた自然の美しさ、それに打たれた心の感動、それがなく、ごく当り前のことを言った平凡な作品だということがお分りであろう。

それにくらべてBは、川づつみのさくらの並木がいま花ざかりで、さくら見の人びとでにぎわっている様子がよく描かれている。うららかな春の陽気やきれいな川の流れなども読者の想像に浮んでくる。いつかぼくも遠州森町に出かけたとき、太田川のつつみにたくさんのさくらが満開で美しかったことを思い出す。そんな想像や思い出をひきだすのも、この句が情景をよく描いているからである。

以上の二句は、やはり中学生くらいの年齢のごく初心の作者の作品だが、今度は専門の俳人の作品をあげてみよう。

野道行けばげんげんの束(たば)のすててある

これは正岡子規の作品である。子規といえば、芭蕉・蕪村・一茶以後、俳句が世間的な理屈や人情に落ち入って、いわゆる月並(つきなみ)俳句になって衰えていたのを、明治になって復興し改革した人である。現代の俳句は子規にはじまったといっていいのだが、彼は理屈を廃し、西洋画の緻密(ちみつ)な描き方に感心して、その基本である写生を俳句の方法として近代俳句の革新を行ったのである。写生とはまず見たままを正確に写すことである。

うらうらとよく晴れた春の野道をゆっくり歩いているのである。「野道行けば」が、一音のびて六音になっているが、そのことがかえって、この場合、うららかな春日和(びより)、ゆっくり楽しみながら歩いてゆく姿を描いている。

その野道にげんげの花の束が捨ててあったのである。「げんげん」

は「れんげ」とも言い、春の田んぼに紫のじゅうたんを敷いたように咲いているあの花である。ぼくも小さい頃、よく田んぼに入ってげんげ摘み(つ)をしたことをおぼえている。これも子供が摘んで束にしたのであろうか。家に帰るまでに持ちあきて捨ててしまったのである。野道をゆっくり歩いていると、げんげの紫の束が捨ててあった、ただそれだけを見たまま詠(うた)ったものだが、げんげの花束の発見によって、うららかな春の野道や周囲の情景が実にくっきりと浮んでくる。いい句だと思う。

もう一人、星野立子さんの初期の句をあげてみよう。立子さんは高浜虚子の娘。虚子はいうまでもなく子規をついで、大正・昭和の俳壇をひきいた大作家である。

目の前に大きく降るよ春の雪

春の雪は冬の雪とちがって粉雪やさらさらした雪でなく、気温も上っているので、雪がとけ合って淡雪（あわゆき）や牡丹（ぼたん）雪のように大きくふわふわと舞うように降ってくる。作者の自注にこう書いてある。

「窓硝子に額（ひたい）をあてて外を見ていると、遠くの方は煙ったように深く細かく、硝子戸の近くへは大きな柔かそうな雪の玉が落ちて来る。」

　これも見たままを詠んだ句だが、いかにも春の雪らしい豊かな降り方、また「大きく降るよ」に童女のように作者の心が弾んでいるのがわかる。春の句だけでなく、星野さんの他の季節の句もあげておこう。

真すぐに合歓（ねむ）の花落つ水の上

近よれば髪の上まで萩の花

もえきりし焚火（たきび）のそばで語りゐる

「合歓の花」は夏、「萩の花」は秋、「焚火」が冬。いずれも見たままの写生の句である。よく味わってみてほしい。

俳句はこのように、自然の風景や自分の生活をよく観察し、その中から美しさや感動をしっかりつかんで、それを素直に表現することが大切である。頭の中だけで考えた俳句は、おおかた平凡でいい作品にはならない。

「写生」をしっかり身につけよう。

三　感動

前章は、俳句の基本的な方法として、対象をよく見て、それを正直に正確に写す——つまり写生についての話をした。だが、目の前に見えるものを何でも十七字に写せば俳句になる、というものでもない。
先日、ある句会に行ったとき、こんな句が出詠された。

　高原にふらふらと鯉霜の朝

という句である。「霜」が冬の季語、そして十七字にまとめてあるので、いちおう俳句といっていいのだが、「高原に」では漠然とした情景しか描かれていないし、何よりも作者の感動した焦点がぼけている。

だから、俳句としても決していい俳句とはいえない。試みに、同じ鯉を詠った水原秋桜子の作品をあげてみよう。

寒鯉はしづかなるかな鰭（ひれ）を垂れ　秋桜子

鯉は寒い冬に入ると、水底にじっと沈んで身じろぎもせず、眠ったようになる。その鯉の様子を詠ったもの。「寒鯉はしづかなるかな」は、まず寒鯉のふつうの姿であり、作者が発見し、焦点をあてたのは「鰭を垂れ」である。じーっとしずかに眠ったように鰭を垂れて動かない鯉、そこに作者の感動があり、この一句の大事な焦点がある。

写真を撮ろうとするとき、単なるスナップでなく、いい写真を撮りたいと思うとき、みなさんは、カメラアングルを考えたり、対象のいちばんそれらしい姿をとらえるためシャッターチャンスを考えたり、光の加減で絞りを調節するであろう。俳句もまた同じこと、対象のいちばんそのものらしい姿を焦点を絞ってつかみ出すことが大切である。それが右の句でいえば「鮨を垂れ」ということになる。

もう一つ例をあげよう。これも先日のことだが、京都にある大きな禅寺永観堂を拝見してきた。本堂の裏にきれいな山水が流れる流れがあり、その流れに、もう水も冷たくなって、鯉が小さな岩にもたれるようにじっとしているのを見かけた。その時詠んだのが次の句である。

寒鯉の人にもこころ離れたる　　澄雄

手を叩(たた)いて鯉を呼び覚まそうとしたのだが、じっとしたままである。

ほかの季節なら餌でも貰えるかと寄ってくるだろうが、もう人にも鯉のこころは離れて、じっとしているのである。だから「人にもこころ離れたる」は私の感じ方ばかりではなく、鯉そのものの姿でもあった。いわば、そこに私のつかんだ鯉の姿があり、一句の焦点がある。

このように、俳句は、単に目に見えたものを写すだけでなく、そのものの、そのものらしい姿——本質をつかみとることが大切である。これを俳句では把握という。最初にあげた「高原に」の句には、その把握がないことがお分りであろう。

さて、俳句は自然を詠むだけでなく、自分の生活、その中にある自分の心も詠えるのである。昨年（昭和五十四年）の六月、私はパリに行ってきた。パリにも俳句をつくる婦人たちがいて、歓迎の俳句会をひらいてくれた。その方たちはフランス人と結婚したり、フランスに永住をきめている方々である。フランスにも日本と同じ草花の植物もあるが、おおかた植物も自然もちがう。そうした風土も生活もちがう遥かな異国で俳句をつくることは大変困難なことにちがいないが、なお俳句を作るのは、何よりも日本への切ない望郷の思いとともに、だんだん心もとなくなっていく日本語への愛着だという。その中の一人小池文子さんの句をあげてみよう。

唐辛子(とうがらし)日本思わぬ日としたり　文子

夕餉(ゆうげ)の仕度に市場に行った時であろうか、作者は真っ赤な唐辛子を見かけた。その時、突然、日本への望郷の思いが切なく湧いたのである。でも、思うまい思うまい、と懸命に自分に言いきかせている。「日本思わぬ日としたり」に、かえって切ない望郷の思いがでている。

えぞ菊や西は西色つのりゆき　文子

これもどこかの野原で日本と同じえぞ菊を見たのであろう。折から、太陽の沈む西の空が刻々と夕焼のいろを濃くしているのである。これもまた切ない望郷のうたということができる。

ともに心の思いを「唐辛子」「えぞ菊」「西空」に託した切実な作品。思いを詠うといっても、俳句の場合、あくまでも現実の物に託するということが大事である。

私たちの生活も、よろこびの日があったり、悲しい日、苦しい日があったりして、それぞれの人が懸命に生きている。それを俳句で詠うことができれば、よろこびはいっそう大きくなり、また悲しみや苦しみはどれだけ和（やわ）らぐことであろう。

それに俳句は仲間の文字でもある。仲間を誘って俳句会をひらいてみてほしい。おたがいに鑑賞したり、批評し合うことも楽しいことだし、そうすれば、楽しみながら、俳句もきっとうまくなることであろう。さっそくはじめることをおすすめする。

四　推敲

作品の推敲（すいこう）について申し上げておこう。推敲というのは、いったん出来た自分の作品に満足できず、それをいろいろと字句を置き変えたりして、もっとも適切な表現になおしていくことである。
俳句もその場でさあっと一度にまとまることもあるが、多くは、何度も何度も心の中でつぶやいては、その場の情景や自分の感動にもっともふさわしい言葉をさがすためにたいへん苦心する。しかも、出来上がった表現に苦心のあとをとどめないようにする。俳聖と世にうたわれた芭蕉もたいへん推敲に苦心したのである。例を上げてみよう。

山路来て何やらゆかし菫草(すみれぐさ)　　芭蕉

この句は貞享(じょうきょう)二年（一六八五）三月、京から大津へ越える山道で詠まれたもので、最初は、

何とはなしに何やらゆかし菫草

だった。山路を歩きながら、小さく咲いている可憐（かれん）な菫の花を見つけて、何となくゆかしい気持になったのを、最初そのまま「何とはなしに何やらゆかし」と言ってみたのだろうが、はじめの「何とはなしに」はすでに「何やら」にふくまれているし、言ってみれば、気分の説明で余分の言葉である。そこで「山路来て」と、その時の自分の状態と実景に即した表現になおしたのである。それによって、山を越えている芭蕉の姿も、そして何よりも菫の花がどこに咲いていたのかはっきりしてくる。推敲でいちばん大事なことは、気分におぼれず、その場の情景が明確になるようになおしていくことだ。

もう一つあげてみる。

草臥れて宿かる頃や藤の花　芭蕉

これも芭蕉の有名な句で、貞享五年（一六八八）の作。「大和行脚（やまとあんぎゃ）のとき」という前書がついている。奈良から歩いて八木の旅宿（はたご）についた時の句だとされている。これもはじめは、

ほととぎす宿かる比（ころ）の藤の花

だった。おりからほととぎすが鳴き、藤の花が咲いていたのだろう。季語としては「ほととぎす」が夏、「藤の花」は春だが、それよりもこの句では「ほととぎす」と「藤の花」に一句の焦点が二分し、感動

が散漫になってしまう。そこで「ほととぎす」をやめて「草臥れて」とすると同時に「頃や」としたのであろう。それによって一日、歩きくたびれて、やっと夕暮、旅宿にたどりついたときの気分が、おぼつかない藤の花の色合い、垂れさがっている姿によくマッチして、芭蕉の代表的な作品になったのである。

吹きとばす石は浅間の野分かな　　芭蕉

は元禄（げんろく）元年（一六八八）「更科紀行（さらしなきこう）」の作品だが、これはおよそ次のような推敲をへて成ったものである。

秋風や浅間は石の野分かな

吹颪す浅間は石の野分かな

吹落す石を浅間の野分かな

そして、最後にさきにあげた句形におさまった。「野分」は、野の草木を分けて吹く強い風のことで、いまでいう秋の台風。推敲の順を追って読んでみると、だんだん迫力を増し、最後の句に至って、石を吹きとばす浅間山麓のはげしい野分の様子が如実に描かれ、しかも一句の調子にもその勢いが強く出ている。みなさんもこの推敲の順によく味わってみてほしい。

さて、今度は初心者の句について書いておこう。わたしは毎月、新聞や雑誌に投稿されてくる俳句を数えきれないほど沢山見ているが、初心者の句は、おおかた世間の常識やごく当り前の理屈をのべている句が多い。

春の花買って心のなごみけり

といった句である。しかし、最近の投句の中から、少し手を入れて採った作品をあげてみよう。手を入れて、言葉を添えたり削ったりすることを添削（てんさく）というが、これも自分の作品を推敲するときの参考になるであろう。

他人の子は賢く見えて入学日

これは、小学校に入学する子供につきそっていった母親の作品。入学式の日、だれも新しい洋服をきて、緊張しているかわいい新一年生の子供たちが、みんな自分の子より賢そうに見えて、ちょっと心配になったのである。親の気持がよくでていて面白い。だが、「他人の子」は「人の子」でたくさんだし、「は」は理屈っぽく、「人の子の」といった方が、素直で調子もととのう。

人の子の賢く見えて入学日

として採った。

すれ違ふ人も両手に蓬籠

蓬を摘んだ籠を両手に持った人と野道ですれちがった。「人も」と言って、自分も両手に蓬籠を持っていたのかも知れないが、「も」があいまいで理屈っぽく、これもすれちがう人だけに焦点を当てて、一句を単純にしてはっきりさせた方がいいと思う。

すれちがふ人の両手の蓬籠

この方がよっぽどすっきりする。

雪解水あつめ逆巻く岩間かな

春になって山の雪が解けて、それを集めた川が狭くなった岩間で逆巻いている。という句だが、これも説明的な叙述になっている。その場の情景を、読者の眼前に浮かぶように、印象鮮明に描くことが必要

である。試みに、

　雪解川逆巻くここの岩間かな

としてみた。いかがだろうか。推敲（すいこう）の要点は、作者が感動した情景を、読者にも目に見えるように、焦点をしぼって単純に明確にしていくことにある。

　さて、今までの分をもう一度通して読んでみると、俳句の作り方のおおかたはお分りになるであろう。一つみなさんも作ってみてほしい。作っていくことによって、きっと上手になるだろう。

　最後に、自分はどこにも行けないので、俳句が作れない、と言われる方に、私の作品をあげておく。

めつむりてひらきておなじ春の闇　澄雄

心さえあれば、ごく平凡に見える日常の中でもいくらでも俳句は作れるものである。

俳句の表現

一　俳句表現の特質

先日、朝の出勤前のあわただしい食事の時間、家の者がテレビのスイッチを入れると、突然画面から雁（かり）のこえがきこえ、雁の飛翔（ひしょう）の姿が映った。アナウンサーの説明では、宮城県の東北本線新田（にった）駅の近くにある伊豆沼には、毎年五、六千羽の雁が飛来し、日本に渡って来る雁のほぼ七割がここに集まるという。

その説明をききながら、この日本の汚れた空と水に、いまもこうして何千羽という雁が渡ってきてくれるのかと、一瞬じーんと胸が熱くなるような思いにかられた。が、それよりも画面いっぱいに鉤型に列をなして飛ぶ雁の姿に、遠いシベリアから毎年はるばると自力で羽ばたきながら飛んでくる雁たちのいのちのいとなみのけなげさ、首をさしのべて飛びながらクワックワッと乾いた声で鳴く一羽一羽の切ない雁の声がまるで虚空を打つようなひびきで胸にしみ、しばらく箸をとどめてテレビの画面に見入っていた。

その時、ごく自然に、

首のべてこゑごゑ雁の渡るなり　　澄雄

雁が音の羯鼓(かっこ)のごとき空(くう)に満ち

の二句ができたが、「羯鼓のごとき」といったのは、その虚空を打つような乾いた雁のこえごえが、まるで能や舞楽に使う羯鼓のひびきのようにきこえたからだ。

たとえば、ここに同じく雁の声を詠った短歌がある。

七階に空ゆく雁のこゑきこえこころしづまる吾が生あはれ

柊　二

つらなめて雁ゆきにけりそのこゑのはろばろしさに心は揺ぐ

いずれも歌集『日本挽歌』に収められた宮柊二（しゅうじ）氏の歌である。

俳句は、この短歌のように、情景を描き、しかもはろばろと渡る雁のこえにきき入る、その時のたゆたうような作者の孤独な情感をのせる長いことばの流動も、まして「吾が生あはれ」あるいは「心は揺ぐ」といった直接作者の主情を訴えることばの余裕ももっていない。僅（わず）か十七音しかもっていない俳句は、感動を呼んだ対象——物のすがた、物の動き——の核心をつかんで、それを一気に端的鮮明に描くことによって、感動の一切を託する以外に手だてはない。芭蕉はこれを「物の見えたるひかり」といったが、右の拙作二句についていえば、「物のひかり」の焦点は「首のべて」と「羯鼓のごとき」にあり、感動の焦点を物のすがた、感じでとらえた具体的表現にあるといえよう。

山本健吉氏はある座談会で「短歌が抒情を主とした芸術あるいは詩型であるのに対して、俳句は物に即した芸術である」と語っている。「物に即する」ということが俳句表現の最も大きな特質であろう。

二　推敲の要点

「三冊子（さんぞうし）」の中の芭蕉のことばに、先にもあげた「物の見えたるひかり、いまだ心に消えざるうちにいひとむべし」というのがある。石田波郷もまた「俳句は生活の裡、満目季節を望み、蕭々朗々たる、打座即刻のうたなり」といったが、その場の感動が、そのまま即座に句となって、心にかなう場合は、百句に一句、あるいは千句に一句、おそらくまれな場合であろう。芭蕉もまた多くの作品について推敲の苦心を重ねていることがそれを物語っている。

また、芭蕉は「物の見えたるひかり」のことばについで、

句作になると、するとあり。内をつねに勤めて物に応ずれば、その心のいろ句となる。内をつね勤めざるものは、ならざる故に私意にかけてする也。

といっている。おおかたは、あとになって私意にかけてすることになろう。

さらにまた、先に述べたように、物に即して詠うことが俳句の特質にちがいないが、たとえば、阿蘇(あそ)山のような大きな景観に心を奪われ

たとき、あるいは庭前の清楚な山茶花の美しさに心をひかれたとき、その時々の感動の質、心のいろによって、一句一句の表現の工夫もちがってくる。したがって、推敲とは、一旦ことばに置いた作品から、私意やはからいを捨てて、最初の純一な感動を手がかりとして、作品を純化し、一句の声調をその時の心のいろに近づけていく作業であろう。その場合、一旦ことばに置いた作品を、芭蕉の言うように「舌頭に千転」しながら、

(1)　詠おうとした対象、その核心がはっきり描けているか
(2)　一句の声調がその時の感動・心のいろにふさわしいか
(3)　他に類想の句がないか

などの諸点が、推敲の要点となろう。

俳句の作法

一　伝統

石田波郷の応召「留別」の作に、

雁やのこるものみな美しき

の有名な句がある。「昭和十八年九月二十三日召集令状来。雁のきのふの夕とわかちなし、夕映が昨日の如く美しかつた。何もかも急に美しく眺められた。それら悉くを残してゆかねばならぬのであつた」。一句の心はこの自注にすべてはつくされていよう。

しかしこの一句の雁はたまたまその日空を渡っていったものかどうか。だが、詩歌の伝統の中でしばしば詠われてきた、最もなつかしきもの、はるかなものの象徴としてこの「雁や」は動かない。季題は単なる即事実的な季物ではない。文化の伝統でもあろう。また死を覚悟して出で征つ波郷の心にも雁の思いがあったであろう。

雁の数渡りて空に水尾もなし　澄雄

これは近江堅田での拙作。近江にひかれたのはシルクロードの旅の途上、砂漠の町、またティムール帝国の壮麗な遺構をもつサマルカンドの一夜、夜の静かな床上の思いに、ふと芭蕉の「行春を近江の人とおしみける」が浮かび、深々とぼくの胸を打って以来だが、いわば芭蕉の近江にひかれて、それ以後何回近江への旅を重ねたろう。もう近江での作も百句に近い。

一句は堅田の旅宿（はたご）での朝の遅い目覚め、そのまま部屋から湖の葦（あし）の中につきでたヴェランダに出て、ひろびろとした朝の湖水に目をやっていたとき、たまたま湖北の空から湖南にかけて、澄んだ湖上の空を羽ばたきが見える距離で雁の列が渡っていった。ほかならぬ芭蕉の「病雁」の堅田で、予期せぬ雁の列を見たやや呆然（ぼうぜん）とした感動の心に、しばらくその列の消えていったあとの青空を仰いでいた。一句は単なる属目（しょくもく）の実景としてなら単に「雁の列」と詠ってもよかった。だが、「雁の数」としたのは、その一羽一羽を見送る愛惜のまなざしとともに、あるいは昨日も渡り、明日も渡るかも知れぬ、また遠く芭蕉の時代にも渡ってきた、そうした雁たちへの、またはるかな芭蕉に思いをつなぐ心でもあった。その成否は別として、「数」の一字を置くまでの腐心と工夫には作者のそうしたさまざまの思いがあった。

二　諧の楽しさ

芭蕉の元禄四年（一六九一）の作に、

　　菊の後大根の外更になし

の句がある。この句は『和漢朗詠集』にもとられている唐の元稹（げんしん）の詩句「不二是レ花中偏ヘニ愛一レスルニアラ菊ヲ　此花開キテ後更ニ無ケレバナリレ花」によっている。つまり元稹が、菊の後にはもう見るべき花もないから殊更菊を愛するのだ、というのに対して、芭蕉は大根があるではないかと、野趣のある、しかも食味の大根をあげて俳諧に翻した。そこにこの一句の俳諧の滑稽があるのだが、もちろん大根をあげたところに芭蕉の境涯も人生観もあろう。

現代俳句は個の文芸として尖鋭と繊細を加えてきたが、この俳諧の滑稽を失ってきたことも事実であろう。こうした俳諧の豊かさと呼吸の深さを、もう一度自分の作品に生かしてみたいというのも、近来の作家としてのぼくの希みの一つである。たとえば、

すぐ覚めし昼寝の夢に鯉の髭　澄雄

若狭には佛多くて蒸鰈

などの近作があるが、「鯉の髭」も「蒸鰈（むしがれい）」も一句の句情として自分でも解説しにくい。だが、一抹（いちまつ）のさびしさを添えて、しかも何となくおかしい。これが、俳諧といえるかどうかは別として、こうした一句が何気なくふわっと出来たときの楽しさはまた格別だ。若い時分には出来なかったものだ。

今年は盆の休み、琵琶湖（びわこ）をめぐったあと、大阪の友人に案内されて信貴山（しぎさん）にのぼった。みくじをひくとさいわい吉で、それに書かれた五言絶句が面白かった。

長江ノ濶（ヒロ）キヲ渡ラント欲スレド
波深ウシテ未ダ儔（トモ）有ラズ

前津浪ノ静カナルニ逢フ
重ネテ鰲(ガウ)ヲ釣ル釣(ツリ)バリヲ整フ

みくじの託宣には四十までは孤独不遇だが、六十代には財をなすそうな。あと四年で六十、それも楽しみだが「鰲ヲ釣ル」の一詩の豪気が面白かった。鰲(ごう)は大海亀。帰京後、旅の疲れの昼寝の夢に、秋の淡海(おうみ)がひろがり、鰲を釣った、といいたいがそれも本当ではない。時にぼくの作品は実景にも、俳句の一般的方法としての写生にもよっていない。鰲を借りて諧の楽しさを楽しんだのだ。

みづうみに鰲を釣るゆめ秋昼寝　澄雄

三　古典と旅と

今年の夏休みはぼつぼつ源信（げんしん）の『往生要集』を呼んで暮らした。こうした宗教書や日本の古典文学、あるいは多く中国詩に親しみはじめたのは、四十代のはじめ花眼（中国語で老眼の意）のきざしに驚いてからだが、また父の死が契機であった。父は昭和三十八年、七十三歳、潰瘍（かいよう）性大腸炎で亡くなった。長崎医大に入院して死の病床の三カ月間、父は長い間真宗の母との結婚によって離れていたカソリックに還（かえ）り、また最後には射す血管がなくなるほど注射と点滴の明け暮れであった。その精神的苦しみと喘苦（ぜんく）の病床を看（み）とりながら、死もまた一大事という思いを深めた。と同時に父の死は、その生存によって守られていた死への防壁が落ちて、まだおのれの死の地平には遠いが、ひとり曠野（こうや）に投げ出されたような、こんどはおれの番だぞという切実な感慨をもたらした。古典を読み出したのは、そうした父の死の苦しみを看とって、古来人間は生死を繰り返しながら、生きている間一体何を見て生きてきたのだろう、という切実な問いがあったからだ。また多く旅に出るようになったのも人生飄々（ひょうひょう）の思いである。

浮寝していかなる白の冬鷗　澄雄

は昭和四十四一月、伊豆での作。川端康成の「伊豆の踊子」で有名な湯ケ野に一泊、翌朝今井浜に出たとき、伊豆にしてはやや風の荒い日、黒ずんだ一月の海面に浮寝している鷗（かもめ）の白さが目にしみた。人生飄々の思いは「いかなる白の」にあるが、作者の腐心もまたその「いかなる」にあった。その時ふと杜甫の五言律詩「旅夜書懐」の末尾の二句が浮かんだ。詩は杜甫五十四歳、老病官を辞して成都を去って揚子江を下る、自らの漂泊の孤独を鷗になぞらえる最後の二句「飄々何所似、天地一沙鷗――飄々何ニ似ル所ゾ、天地一沙鷗」が、はるかよりこの「いかなる白の」の「いかなる」の表現を呼び起こした。もう一つ鷗の句、

白をもて一つ年とる浮鷗　澄雄

これは昭和四十七年歳晩、「おくのほそ道」の福井県種の浜での作。評者は芭蕉の有名な「此秋は何で年よる雲に鳥」との関連を説くが、

句は同行の二人の知友との打座即興のうちに出来た。しかし評者の言う芭蕉との関連も否定しない。

四　風狂

「予が風雅は夏炉冬扇のごとし。衆にさかひて用る所なし」とか「虚に居て実を行ふべし。実に居て虚を行ふべからず」といった芭蕉のことばがある。それぞれ深切な意味があるにちがいないが、いまひっくるめて風狂といっておけば、この風狂の精神も現代俳句において能う限り稀薄になったといえようか。『俳句とエッセイ』（昭和五十年）十月号の拙作、

寒鯉を雲のごとくに食はず飼ふ　　澄雄

について詩人・伊藤信吉氏もほぼ同意見だが、桂信子氏が次のように書いている。

……「食はず飼ふ」で私はとまどってしまう。寒鯉はもちろん、食用になるが、こんな時「食ふ」という連想が私には浮かんで来ない。これは男と女の感覚の違いであろうか。「雲のごとくに飼ふ」というだけで、この句は成り立っているのではないだろうか。

今、能村登四郎氏の句「薄墨のひろがり寒の鯉うかぶ」を思い出した。

だが、あえて作者の弁をいっておけば、桂氏があげた能村氏の属目写実風の作品とは、おそらく発想において根源的にちがう、ということだ。もちろん、ぼくの一句もそうした実在の一人物を想定してもよいが、ある日ある時、飲食にかかわる人間のかなしき所業を捨てて、胸中、一仙人となって雲のごとくに寒鯉を飼う仙境に遊んだのだ、といってもよい。従って「食はず」は「食ふ」という人間の所業を裏において一句の俳諧の所在、また要だといってよい。作者の腐心もこの三字の布置にあった。だが、それが不明だとすれば作品の不熟として緘黙のほかはないが、一方、桂氏の文章から、ぼくには子規の写生以来、俳諧の滑稽も風狂も失って、目に見えるものしか見えなくなった

現代俳句に対する大きな不満もあった。もう一つ、

春の野を持上げて伯耆大山を　澄雄

についても、城佑三氏はこの「を」のあとに「登る」が略されている登峰の句ととっている。だが、それは日本語の語法としても既におかしい。春の米子平野に裾をひいて立つ大山を眺望して、むしろ目を空においても国作りの風狂を楽しんだのだ。いってみれば風狂とは人生に憂苦をかかえて、鈴木大拙風にいえば、その切実な即非の遊び、また大きく造化にあそぶことではないか。

作品の虚実

今日は雛祭、床の間にささやかな土人形のめおと雛とともに、ぼくの一句がかかげてある。

明るくてまだ冷たくて流し雛

句は昭和三十六年の作、かって平畑静塔氏は「金沢か米沢か、黒髪の長い武家女房が今でもひっそりと住んでいそうな裏日本の城下町」での雛流しを想像しながら「ふんわりと和紙の中に包んだ干菓子を思わすような、この作者の俳句の特質は、この句の中にもある。まわりからゆっくりと描いてゆく、この人の俳句作法は、旅中遊草に一番効果を出すようである」（春秋社『戦後秀句Ⅱ』）と、ぼくの作風の特質とともに、美しい鑑賞を書いてくれているが、誰彼も多く旅の属目の句ととっている。だが、これは旅中、実際の属目の句ではなく、実は同題の木下恵介のテレビ劇からの発想、筋はもう忘れたが、多分、親と娘、あるいは嫁と姑をあつかった木下らしい小品のホームドラマであったか。「明るくてまだ冷たくて」は、テレビを見ながらおのずから浮んだが、その頃の季節の空間とともに、流される雛のあわれもあろうか。雛流しの実景はまだ見ていない。

ぼうたんの百のゆるるは湯のやうに

は昭和四十八年の作。これも、湘南二宮の徳富蘇峰記念館に牡丹の古木が数本あり、いまが見頃だというので、仲間の八木荘一君に誘われて四、五人で見に行ったが、すでに花はあらかた終っていた。句はそのあとの小句会で即座に出来たものだが、いわばぼくの幻想の中に繚乱の牡丹が咲きゆれた。見にゆかなかったらおそらくこの一句は出来なかっただろうが、また実際に繚乱の牡丹を見ていたら、これまた出来たか、どうか。これも作家のもつ不思議な虚実というほかはないが、本当は種明しなどしない方がいい。

平畑静塔氏も言うように、ぼくには旅の句が多い。句集『浮鷗』の頃は越後山中の松之山に、そして『鯉素』では淡海に、年に幾回となく何年も旅を重ねたが、まだ他に旅することも多い。だが旅に出て必ずしも句を作るとは限らない。もちろん句が出来ればそれに越したことはないが、旅は旅で楽しむといったふうだ。従って俳句ノートも一切使わない。旅に出て、何気なく風物を楽しみ、大きくその風土を呼吸してくるといった方がいいだろう。残るものはおのずから残るだろう。「去来抄（きょらいしょう）」に次の記事がある。

舟に煩ふ西国のむま　　彦根の句

許六、こころ見の点を乞ける時、此句を長をかけたり。先師に窺ふに、先師曰、「いまは手帳らしき句も嫌ひ侍る。是等の句、手帳也。長あるべからず」ト也。曾て上京の時、問曰、「此句、いかなる処手帳に侍るや」。先師曰「舟の中にて馬の煩ふ事は謂ふべし。西国の馬とまでは、能（よく）こしらへたる物也」トなん。

芭蕉の「是等の句、手帳也」が面白い。

だが、旅宿の夜、同行の友とともに、道中用の小硯に墨を磨り、和紙綴の手帳に、その日の属目と自由な発想をまじえて、交互にまるで歌仙を巻くように、談笑のうちに打座即刻の句作を楽しむことが多い。これは、墨筆の呵成に、思わぬ発想の自由を誘われて面白い。以下は、おおかたこの遊びの中に出来た句だが、旅の現場に立合ってもらう意味で書いておこう。作品も、俳壇の褒貶にのぼらなかった句の方がいい。

昨年（昭和五十四年）、八月盆の頃、一カ月程前にかかった人間ドックの結果がようやく出て、以前から分っていた胆石のほかに、新たに多少血圧が高いことと、胃潰瘍（いかいよう）があることが判明して、大阪で医者をしている俳句仲間の岡井省二君に相談にでかけた。結局、机に向ってばかりいて、神経を使い、運動をしないからだと、早速、翌日、室生寺（むろうじ）あたりの山歩きに連れ出してくれた。名医である。室生寺の橋のたもとの旅宿に早く宿をとり、その日は角川・上山田などの村を過ぎ栂坂峠（とがさか）を越えて昔の伊勢（いせ）道に出る近くまで歩いた。昼の日は暑かったが山の空気は澄み、道々にはもう秋の野花が咲いていた。茂った葛（くず）にかくれるように道祖神が立ち、葛は花をつけていた。

葛の花人を見すごす道祖神

とすぐ一句が浮かんだが、花が目立って、肝心の峠神がかすむ思いが

ある。何度も胸の中で呟きながら、これは花を消して、

葛 の 中 人 を 見 す ご す 峠 神

として治定した。

峠近く、林業をしている立派な構えの一家がある。立寄って、縁側を借り、お茶の御馳走になりながら昼飯にする。庭に清冽な山水を引いた池があり、大きな鯉が飼われている。のぞくと、真鯉・色鯉にまじって白鯉がいる。折から盆、その澄んだ水に白鯉の泳ぐ姿は、この世のものとは思えぬ、何かのたましいのような、夢の高貴があった。

水 澄 み て 人 間 界 に 白 き 鯉

山歩きから帰ると、今度は夕方室生寺の向いの山の村々を歩いた。なかに胎中（たいなか）という村がある。その地名が面白い。おりから撫子（なでしこ）の花が点々と咲いて美しかった。

撫子や胎中といふ山の村

と、早速一句を案じたが、撫子が胎中という村の名に深くひびき合わない不満が残る。これは、その夜の座興の句作りに、まだ雁（かり）の季節には遠かったが、

雁や胎中といふ山の村

としたためた。

だが、旅は一人の時が多い。一人の時も旅宿の夜、墨を磨る。昭和五十四年『俳句』の四月号に大作を頼まれて「佛足」五十二句を発表したが、この時は二月木曾（きそ）の灰沢（はいざわ）にでかけた。ストーブも消して零下に下る寒夜、十時頃から夜明け近く、次々と興にのせて句を和紙の雅帳に書いていった。その前に、近江（おうみ）・若狭（わかさ）・大和（やまと）への気儘（きまま）な旅があったが、その旅を想い出しながら、想は自由に遊んだ。

千枚漬糸ひく雪となりにけり

火にのせて草のにほひす初諸子

観音の淡海や処々に畦を焼く

乳母が家に紅梅が咲きあひにゆく

老の玄枝(くろえ)瑞枝(みづえ)に紅梅を

観音の臍よりしたる笹子かな

亀鳴くといへるこころをのぞきゐる

囀りの念珠入れたる雑木山

佛足に春のくはしき松の影

あは月のよべあかつきの山ざくら

一句一句に想を変えて、必ずしも即実景とはいえないが、度重なる旅の、ここには大きく呼吸してきた旅の想い出がある。これらの作品がそれにふさわしいか、どうか。だが、ようやく還暦を迎えたぼくの心には次の世阿弥(ぜあみ)の言葉がある。『花鏡』には「老後の初心」を説い

て、

五十有余よりは「せぬならでは手だてなし」といへり。せぬならでは手だてなきほどの大事を老後にせんとは初心にてはなしや。

の言葉もあるが、次男元能（もとよし）が世阿弥の話を聞き書きした「世子六十以後申楽談儀（さるがくだんぎ）」の中の次の言葉が身にしみる。世阿弥の父観阿弥（かんあみ）の友人でもあった近江申楽の名人、犬王道阿弥（どうあみ）について語った言葉である。

近江のかかりは、立止りてあっとする所をばつゆ程も心がけず、たぶたぶと、かかりをのみ本にせしなり。

近江の申楽は、観客の意表をついて感動させることを心掛けず、ゆったりと情趣を出すことを基本にしている、というほどの意であろう。ことに「たぶたぶと」が心にかかる。

Ⅱ　無常とあそび

一　俳句との出会い

加藤楸邨先生の第一句集『寒雷』の初版本がいまぼくの手元に二冊残っている。一冊は韋編三度絶つという形で机の上にのっており、もう一冊はぼくの掌上にあって、その扉には、

十二月都塵外套をまきのぼる　　楸邨

の一句が先生の手でしたためてある。現在の自在雄渾の書風とちがって、やや茂吉風の丸味を帯びたつつましい書体だ。いま『寒雷』をめ

くって、この句が何年の作かを調べようとしたが、何回くり返してものっていない。あるいは第二句集『颱風眼』所収の句か。だが、その『颱風眼』は長崎の原爆で焼いて残っていない。角川文庫版『加藤楸邨句集』の「颱風眼」の章をあわてて当たってみたが、これにも見当たらない。あるいは句集未収の一句か。句集『寒雷』は、ぼくのボルネオ出征中、原爆のとき、大部分の蔵書が灰燼に帰した中で、父母が僅かに持ち出してくれたものの一つだ。右の句にも、句集自体にも、いわば青春の遺品のような愛惜がいまもある。

句集『寒雷』（昭和十四年三月・交蘭社刊）は、先生の、生活的には、埼玉県粕壁（現春日部市）の田園の中学教師を辞し妻子をひきつれて昭和十二年文理大の老学生として上京、作品的には、虚子の『ホトトギス』を離脱して当時新風を樹立しようとしていた水原秋桜子に師事、「自分の外に俳句の世界を見よう」とした「古利根抄」（昭和六―九年）から、「静座し諦聴」しようとした「愛林抄」（昭和十―十二年）、つづいて、上京後都塵の中、時代の暗雲の下に苦悶と孤独の相を深めた「都塵抄」（昭和十二―十三年）に至る五百四十句を収めている。

棉の実を摘みゐてうたふこともなし（古利根抄）
行きゆきて深雪の利根の船に逢ふ
夏蚕いまねむり足らひぬ透きとほり
笹鳴に逢ふさびしさも萱の原（愛林抄）

かなしめば鵙金色の日を負ひ来（愛禽抄）

の世界から「都塵抄」の、

何かわが急ぎゐたりき顔さむく

鰯雲人に告ぐべきことならず

その冬木誰も瞶めては去りぬ

冬帽を脱ぐや蒼茫たる夜空

など「俳句を自分の呟きの如く、気息の如きものに引きつけ」「自分と俳句とを一枚」（『寒雷』後記）にしようとした、いわゆる「難解派」また「人間探究派」と呼ばれるに至る時期である。

当時、ぼくは長崎高商の三年、入学と同時に野崎比古教授（松瀬青々門）の指導する俳句同好会「緑風会」に属し、時々その仲間と勢い余って町の句会にも顔を出していた。現在『馬酔木』の同人、『棕梠』主宰の下村ひろし氏の指導する句会では、当月の句稿を在京の楸邨先生に送り、次の句会までに○や∨などの朱点と短評をつけて送り返して貰うしきたりになっていた。句集『寒雷』もこの会の斡旋で手に入れたものであり、右の「十二月」の句もそのとき僕の所望で書いて頂いたものだ。その時の様子を、当時の緑風会の仲間で同級だった星加輝光君が『杉』（昭和四十七年九月号）に、「長崎時代の森澄雄」の中で、次のように書いてくれている。

この句会で森は運命的な事件にあうこととなった。事件と呼べるかどうか、あるいは首をかしげる向きもあるかも知れないが、私にとってはやはり事件としか思えない。……白地に細かい黒色の筋の入ったこの句集を、森は掌でなんどもなでているかに見えた。……しかし、掌中の一冊のその本は、たんに書物の重さに止らず、森自らの将来の「運命」そのものの重さを加え持っていた。

ついでに当の星加は、さきの「愛禽抄」の一句、

かなしめば鵙金色の日を負ひ来

の一句を書いて貰ったはずだ。鵙の句の方に若き日の楸邨の、一抹の

感傷をまじえてより純粋で鮮烈な青春のみずみずしい抒情(じょじょう)がある。

さて、父母の膝下にあって学生生活には何の不自由もなかったが、またぼくにも別個の人生がはじまっていた。昭和十四、五年といえば、既に大陸での戦争は泥沼にはまり、ヨーロッパでの第二次世界大戦の開始とともに昭和十六年に始まる太平洋戦争への暗い跫音(あしおと)も急速に高まっていた。そうした急迫を告げる時代の暗雲の下で、就職——就職は直ちに徴兵を意味していた——か進学か、卒業後の方途を定める問題とともに、「人生とは何か」「愛とは何ぞや」といった、いま考えればば幼稚にちがいないが、解決のつかない自問をかかえてぼくの自覚的青春もまたはじまっていた。西田哲学をはじめ哲学書類の耽読(たんどく)とともに、そうした暗い自問をかかえて長崎の夜の街の彷徨(ほうこう)をくりかえしていたのもこの頃だ。

そうした彷徨の中で、たぶん当時の『馬酔木』に発表された右の「十二月」の一句が自らの象徴として胸に強く灼きついていたにちがいない。ともかく先生の第一句集『寒雷』は青春の抒情の解放とともに、ぼくにとっていわば文学と哲学の二重の役割を果した貴重な一冊であったといえようか。当時の作品からただ一句残したぼくの第一句集『雪櫟』の冒頭の作、

冬の日の海に没る音をきかんとす　　澄雄

という自らの運命を占うような一句の発想も、またさいわい大学に進んで箱崎に孤独な下宿生活を送った学生時代の次のような作品も、自

らの青春の情況とともに、右の「十二月」の句や、さきにあげた「都塵抄」の先生の作品から、その発想においてそう遠く距（へだた）ってはいない。

黒松の一幹（いっかん）迫る寒燈下　　澄雄

蘆刈や日のかげろへば河流る

かんがふる一机（いっき）の光九月尽（くがつじん）

芭蕉忌や松の明るさ枯れんとし

二　俳句とは何か――無常とあそび

「俳句とは何だろう」と自らに問い直してみて、この問いは「人生とは何だろう」という問いと同じく、むしろ齢とともに年々深まっていくようだ。たとえば俳句の本質ないし方法について、すでに「去来抄」「三冊子」をはじめ芭蕉の言葉を記録したすぐれた俳論があるし、近代以後も子規の写生、虚子の「花鳥諷詠」をはじめ、「挨拶と滑稽」「俳句もの説」、また俳句を晴の文学に対して「褻の文学」と規定するなど、俳句の本質に関する所説は今日も枚挙に遑がない。いずれも俳句の本質的一面を規定して見事な所論であろう。それらを読むことは俳句作家にとって必須の要件であるにちがいないが、それらの要件をおのれに満たして、なおいい作品ができるとは限るまい。

かえりみて、第一句集『雪櫟』には、

新緑や濯ぐばかりに肘わかし　澄雄

雪嶺まで枯れ切って胎かくされず
家に時計なければ雪はとめどなし
枯るる貧しさ厠に妻の尿きこゆ
除夜の妻白鳥のごと湯浴みをり

など、上京後の戦後の貧窮の生活をつぶさに詠ってきたし、第二句集『花眼』では、昭和三十八年父の死の前後から、多く中国の詩文、ことにも日本の中世の文芸に親しみながら、人間は古来おびただしい生死をくり返しながら、生きているうちに一体何を喜び、何を悲しみ、何を見てきたのか、その問いと関心の中に、

盆唄の夜風の中の男ごゑ
父の死顔そこを冬日の白レグホン
雪嶺のひとたび暮れて顕はるる
餅焼くやちちははの闇そこにあり
雪国に子を生んでこの深まなざし

など、人間の生きている時間をみつづけてきた。つづく第三句集『浮鷗』では、多く越後や近江に旅を重ねながら、時間からさらに人間の浮かぶ空間、或いは虚の空間ともいうべきものに執心してきた。

鶏頭をたえずひかりの通り過ぐ

越後より信濃に来つる法師蟬
世阿弥忌のいづれの幹の法師蟬
雁の数渡りて空に水尾もなし
白をもて一つ年とる浮鷗

だがこれらはいずれも、「俳句とは何か」という問いとともに、むしろさきの「冬の日の」の一句以来「人生とは何だろう」という思いを自らに問いつめてきたものといえようか。

たとえばここに、中国の唐以前の古詩を集めた「古詩源」に、ぼくの好きな魏の曹植の「當來日大難」の詩がある。

當來日大難
日苦短　樂有餘
乃置玉樽　辨東廚
廣情故　心相於
闔門置酒　和樂欣欣
遊馬後來
轅車解輪
今日同堂
出門異鄉
別易會難　各盡杯觴

来日大イニ難シニ当ツ
日ノ短キニ苦シミ、楽シミハ余リ有リ
乃チ玉樽ヲ置キ、東廚(とうちゅう)ニ弁ゼシム
情故ヲ広クシ、心相於(した)シム
門ヲ闔(と)ザシテ酒ヲ置キ、和楽シテ欣々
タリ
馬ヲ遊バシテ後レ来ラシメ
轅車(えんしゃ)ハ輪ヲ解カシム
今日堂ヲ同ジウスレドモ
門ヲ出ヅレバ郷ヲ異ニス
別ルルハ易ク会フハ難シ、各(おのおの)杯觴(はいしょう)ヲ

尽クセ

曹植は曹操の第三子、建文文学の高峯、慷慨の詩多く屈原以来の大詩人といわれる。字は子建、陳思王。兄曹丕（文帝）と折合い悪く不遇四十一歳で生涯を終えた。題「當來日大難」は「来タル日ハ大イニ難シニ当ツ」、酒宴乾杯の歌だが、この場合また熱い友情の詩とよんでいいだろう。「來日大難」は恐らく古楽府の題。『古詩源』楽府辞中の「善哉行」にも「來日大難　口燥脣乾　今日相樂　皆當喜歡——来日ハ大イニ難ク　口燥キ脣乾カン　今日相楽シム　皆当ニ喜歓スベシ」の詩句が見える。また、後年唐の李白にも同題の楽府がある。「當」は擬作の意。「代ハル」と読んでもよい。

「日苦短　樂有餘」、兄文帝曹丕の「善哉行」にも「人生如寄　多憂何爲　今我不樂　歳月如馳――人生ハ寄(やど)レルガ如シ　多ク憂フルモ何ヲカ為サン　今我楽シマザレバ　歳月ハ馳(は)スルガ如シ」の詩句がある。人生観、ないしは仏教的な無常観というより、乱世に生きる者の切実な日常の思いであろう。「遊馬後來　轅車解輪」は、「馬は放って外で遊ばせた。いつ帰ってくるか分からぬ。車は轅(ながえ)を立てかけ、車輪は外した。もう帰ろうたって帰れぬぞ」。ともに客の帰りを妨げる処置だが、こうした切実な無常の思いを底において、これは闊達(かったつ)な男の諧謔(かいぎゃく)、男の優雅であろう。――「今日同堂スレドモ、門ヲ出ヅレバ郷ヲ異ニス、別ルルハ易ク会フハ難シ」――夜っぴいて飲もう。

だが、中国詩が迂遠(うえん)なら、もう一つ芭蕉の句をあげておこう。

明月や座に美しき皃もなし

句は元禄三年（一六九〇）、義仲寺草庵での作。風国撰の「初蝉」には「翁義仲寺にいませし時に、名月や児たち並ぶ堂の椽、とありけれども、此句意にみたずとて、名月や海にむかへば七小町、と吟じて、是も尚あらためんとて」として出ている。頴原退蔵はこの推敲の過程から「最初は月光の美しさを稚児や美女の幻想に託さうとしたのを今度は顧みて現実の醜さを示し、これによって却って月の美しさを想はせようとした事が窺はれる。即ち月光の美しさを言ふ為に、人間の顔の醜さを言ったのである」（『芭蕉俳句新講』）としているが、楸邨先生の『芭蕉秀句』はそれを否定しながら「名月を眺めて、さて一座をながめわたしてみると、美しい顔がひとつもなかつたといふのだ。美しいものに目を奪はれたあとで、現実のうらがなしさを改めて見直してゐる気持である」としている。果たしてそうか。恐らくぼくの独断だが、ぼくの解はそのいずれともちがう。

「美しき貞もなし」といって否定したのは、一座の男たちにちがいないが、また女人の存在をであろう。座の男たちの顔を殊更に醜しというう必要はない。「美しき貞もなし」といって、一抹の諧謔のうちに、女人を交えない、くつろぎと緊張をもった、さしてもう若くない同心の男たちの俳諧（はいかい）の座が浮かぶ。そして一句は、明月の光と影を負った男たちの、たがいにしみ渡る深く静かな共感の世界を誘い出す。「歌仙は三十六歩なり。一歩も後に帰る心なし」――男だけに通じるある雄々しい無常の思いをである。麦水（ばくすい）の「句解伝書」の「老の至る迅風の如し」の評がぼくには心にしみる。

俳句は人生の無常をそこにおいて、そこにあそぶ男の優雅ではないか。俳句に一般的技法はあるまい。虚に浮かぶその時々の人生の思いを、十七字にぶっつけて、工夫（くふう）は一句一句にあろう。芭蕉に「俳諧は、教てならざる所なり。よく通るにあり」（「三冊子」――「くろさうし」）ということばがある。

三　先進の句を味わう

(1)　芭蕉

命なりわづかの笠の下涼み

「涼し」（夏）。延宝四年（一六七六）、芭蕉三十三歳、江戸出府後はじめての帰郷のおりの作。「佐夜中山にて」の前書がある。

十年ほど前の四月、結婚二十年の記念に一泊の旅にでかけ、家内の学生時代の禅の師浅野哲禅老師を遠州森町の大洞院に訪ねての帰り、夫婦で佐夜の中山を歩いたことがある。佐夜の中山は遠江国小笠・榛原両郡の境、日坂から菊川の宿に至る峠道。おりから快晴の春日和、ひっそりしたこの旧街道は山桜や、時おりみかける民家に木瓜や連翹の花ざかりであった。もちろんぼくの心にはこの芭蕉の一句と、そのもとになった西行の、

年たけてまた越ゆべしと思ひきや命なりけり小夜の中山

の一首があった。西行が年たけて再びこの小夜の中山を越えたのは文治二年（一一八六）七月の頃、六十九歳の時であった。平重衡によって焼かれた東大寺の再建のため奥州平泉の藤原秀衡に砂金勧進に赴く途上であった。西行の歌には、はるかな陸奥への道のりの思いと七十に近い年齢の重い感慨がある。芭蕉の「命なり」は、もちろんこの西行の一首によっている。延宝時代といえば「此梅に牛も初音と鳴つべし」「雲を根に富士は杉形の茂りかな」など談林風に入った頃の気負いと一種の比喩の通俗が支配しているが、それらの中でこの一句は不思議にしんと静まり澄んでいる。西行の年齢の回想が、ここでは一瞬に集約されて、身一つだけのわずかな笠の下蔭に、かがまり込んだ芭蕉のいのちがしんとしみ渡っているようだ。結婚二十年を過ごしたぼくたちにも、この小夜の中山の少し汗ばむほどの春日和、松の木蔭に暫し腰を下しながら、戦後の怱忙と貧窮の生活をふり返って「命なり」のしんとした感慨があった。

旅寐してみしやうき世の煤はらひ

「煤はらひ」(冬)。芭蕉の研究家でもなく、常に芭蕉に親しんでいるわけでもないぼくにも、ある時、その場所、心のいろに従ってふっと芭蕉の一句が思い浮かび深く胸を打つときがある。それも芭蕉の「荒海や佐渡によこたふ天河」「閑さや岩にしみ入蝉の声」「暑き日を海にいれたり最上川」といった有名な句ではない。いつもは記憶の底に沈んでいて忘れているような、それは芭蕉の何気ない一句だ。

句は貞享四年（一六八七）「笈の小文」の作。「師走十日余、名ごやを出て旧里に入らんとす」としてでている。いつかもこの句と同じ年の暮、気に染まぬ仕事に追われていて、一向に捗らぬ仕事の溜息に、ふうっとこの芭蕉の句が思い浮かび、小さく何度も口ずさんでいて、浮世という言葉が遠く鈴を鳴らすような微妙な語感で身にしみ渡った。

句の意味は「旅寝を重ねて年の暮も迫り浮世の煤払い（昔は十二月十三日）を見たことよ」ということにちがいないが、古来大方の解は芭蕉の旅寝に重点を置いて「一笠一杖の漂泊の身には世間の忙しそうな煤払いも余所事として眺められる」ととっている。果たしてそうか。

芭蕉の心の天秤（てんびん）はむしろ浮世の方に傾いていないか。浮世は、はかない憂き世であると同時に浮世草紙、浮世絵の浮世でもあろう。そこにはなやいだ気分も動いている。芭蕉は商家や旅籠（はたご）の着物の裾（すそ）を端折（はしょ）って赤い湯文字（ゆもじ）を出して甲斐甲斐（かいがい）しく立ち働いている女たちの姿を、浮世のはなやぎとしてなつかしい思いで眺めていたのかも知れない。その時はそうとって、追われている仕事のはかなさとともに、逆に遠くから鈴の音のようにはなやいでくるこの一句の色合にしばらく慰められた。ついでに秀句ではないが元禄五年の句に「中〻（なかなか）に心おかしき臘月哉（しわすかな）」も芭蕉にある。

水鶏（くひな）なくと人のいへばやさや泊（どま）り

「水鶏」（夏）。元禄七年（一六九四）。閏五月の初め、伊勢境に近い尾張領海部郡佐屋の山田庄右衛門邸に泊まった折の作。「笈日記」には「隠士山田氏の亭にとゞめられて」として出ている。句はもちろん水鶏の鳴く木曾川河畔の閑静をたたえた主人への挨拶で、句意説明を要しない。だが口ずさんで、a音の重ねの中にu音とi音を交えて、いかにも音調のこころよさがある。芭蕉をはじめ古典俳句の豊かさにはこの音調のよろしさもあろう。最晩年の芭蕉のやさしさのこもった一句。何気ない芭蕉句の中でもぼくの最も好きな句の一つ。

秋近き心の寄や四畳半

「秋近し」（夏）。元禄十年（一六九七）、素觴子玄梅の編んだ「鳥のみち」に「元禄七年六月二十一日、大津木節庵にて」として、木節・惟然・支考の四吟歌仙の発句として出ている。芭蕉は六月二日江戸で亡くなった寿貞の訃を聞いたばかりである。寿貞の死の悲しみの中に、芭蕉はまた近づく身の秋の寂寥をひしひしと感じていたであろう。そうした芭蕉を囲んで、四畳半に集う三人の弟子たちにも、秋ちかき心とともに、おのずから芭蕉に心を寄せるしみじみとした和みがあった。一句の解も主人木節への挨拶とともに、同座の四人の心の寄りととられている。もちろん正解であろう。

だが、そうした句の成立の具体的情況をよそに、いま机に向かう一つくり手の心でよめば、一句はまた、芭蕉の孤心の寄っていくところ、おのずから四畳半、という風によめる。むしろそうよんで、しみじみといまのぼくの心に通うところがある。古来、四畳半を茶室とするのが一般だが、そうした四畳半のもつ属性をもふくめて、あるいはそれを越えて、秋近い芭蕉の孤心を容れるのにもっともふさわしい空間が、八畳でもない、六畳でもない、四畳半であろう。さらにその四畳半に、芭蕉の孤心に宿る秋近き天地の無辺の空間もひろがる。「心の寄や四畳半」と詠じた直截（ちょくせつ）平明な表現の中にある軽みもさることながら、もしこの一句の俳諧を言うなら、それはわれわれ日本人の日常家居に親しい四畳半の、その性格に対する芭蕉の心の新しい発見であろう。しかし、これは一つくり手としてのぼくの気ままな感想。だが、いずれの解をとるにしても、四畳半に寄せる芭蕉の孤心を抜きにしてはこの一句は成立しまい。むしろ、一座の心の寄りと、四畳半に寄っていく孤心と、この二重の構造をもつところに、この一句の微妙な呼吸と表現の見事さがあろう。

さて、以上の芭蕉句の鑑賞は、正しい鑑賞というより、一つくり手としての気ままなひとり遊びで、その遊想を誘うところにも芭蕉の豊かさがあろう。そして、そうしたみずからのひとり遊びをも、ぼくは一作家としてのおのれの養いとしている。

(2)　加藤楸邨と石田波郷

落葉松(からまつ)はいつめざめても雪ふりをり　　加藤楸邨

「雪」（冬）。『山脈』所収。昭和二十五年十二月、浅間山麓星野温泉での作。二十三年よりの病臥漸く癒えこの年はじめて信州に遊んだ。同時作に「信濃の川はどれも冬青し石奏で」「胡桃焼けば灯ともるごとく中が見ゆ」「冬の浅間は胸を張れよと父のごと」など秀吟が多い。

旅の夜のいくたびかのめざめ、そのたびに旅宿を囲む枯々の落葉松の林に雪はつみ、夜のしじまの中、白く糸をひくように雪はふりつづいていたのだ。だが、この句を何度も静かに口遊んでいると、おのずから「いつめざめても」は落葉松そのものになってゆくおもむきがある。何日も何日も、昼も夜も、静かに白くふりつづく山国の雪。蕭条と枯れて白いものをのせて眠っていた落葉松が、時々ふと目を覚ますと、まだ雪がふりつづいている。この句にはそんな自他一如の世界がある。矢島房利は「そのことによって、この句は〈生のあわれさ〉から〈生のかなしみ〉への奥行をもちえている」と書いている。適切の言であろう。「隠岐や今木の芽をかこむ怒濤かな」「鷲けば秋の鳥なる烏骨鶏」「雉子の眸のかうかうとして売られけり」などと並ぶ先生の代表作の一つ。

我を信ぜず生栗を歯でむきながら

「栗」（秋）。『まぼろしの鹿』所収、昭和四十一年作。「生栗を歯でむく」とはどんな場合の所作だろう。少し異常な、というより不様な所作にちがいない。生栗を歯にあててむく少し荒々しい所作の中に、深いところでおのれをも信ずることのできない人間の、やや荒涼の相貌をもった顔が浮かんでくる。『まぼろしの鹿』は矢島房利とぼくの編集だが、編み終わったあと、この句とともに「声出してみて笹鳴（ささなき）に似ても似ず」「幽霊ぼやふたたびはわが見ざるべし」（「ぼや」は海鞘）「恋猫（こひねこ）の皿舐（な）めてすぐ鳴きにゆく」などをあげ次のように書いた。「俳句は所謂文学とも詩とも違う、もっと不様にこの人間の存在のむなしさや不思議さ、かなしさやこそばゆさに深く膚接するしたたかな何物かではないか」。楸邨独自の作風の一つ。

鶴の毛は鳴るか鳴らぬか青あらし

「青あらし」（夏）。『まぼろしの鹿』所収、同四十一年作。『寒雷』編集時代、この句が送られてきたとき、早速先生に電話を入れて「いいですね」と言った覚えがある。公園、あるいは動物園の鶴か、折から颯々(さっさつ)たる青嵐、その青嵐のたび鶴の胸毛あたりの柔毛(にこげ)がさやさやと吹かれているのであろう。作者も青嵐の中に立って、その美しい鶴の姿を恍惚(こうこつ)の思いで眺めているのだ。だが「鳴るか鳴らぬか」――この禅問答のような一句の微妙をどれだけ解説したことになるか。平畑静塔氏はこの一句について「『古利根抄』から楸邨の長い模索の日が始まって、『野哭(やこく)』の嘆きの日を重ねて、やっと円満寂光の世界の糸口をつかみかけたのが、この鶴の毛の逸作である」と書いている。

老いて鵜(う)は滴(したた)るもののなかりけり

「鵜」(夏)。『吹越(ふっこし)』所収、昭和四十二年作。「老鵜」七句の中の一つ。

前句に「火の目して鵜は首綱の二十年」。「尾羽打枯らす」という言葉があるが、羽も若鵜のときのみずみずしい艶は失せ、老い痩せて、目だけが炯々と燃えているのであろう。「滴るもののなかりけり」が老残の鵜を描いてきびしくまた哀切。一句はまたどこか人間の老いにも通うところがある。いずれ老いさらばうならばかくきびしく美しくありたいという一抹の作者の翹望もあるかもしれない。

花火師の旅してゐたり曼珠沙華

「曼珠沙華」(秋)。『吹越』所収、昭和四十四年作。「おくのほそ道」四十四句の一、「大垣」の前書がある。旅の道々、田の畦々に花火がひらいたように曼珠沙華が花をつづっていたのだ。「花火師の旅してゐたり」はもちろん曼珠沙華からくる幻想だが、ぼくには美しい道々の曼珠沙華の背後に、歌舞伎の黒子のような旅を急ぐ黒衣の花火師が見える。「大垣」は芭蕉の「おくのほそ道」の終局の地。この楸邨の一句にも、曼珠沙華に色どられたはるかな旅の回想があろう。

橿鳥とわかるる旅の林かな　　石田波郷

『鶴の眼』所収。昭和七年（十九歳）上京以前、郷村時代の作。「橿鳥」（秋）は懸巣のこと。橿の実を好んで啄むのでこの名がある。旅のひととき秋の黄葉した林の中、橿鳥の仕草を仰ぎながらしばらく佇んでいたのであろう。そしてその橿鳥とも別れて旅の歩を進めたのであろう。「旅の林かな」の措辞も美しいが、旅によって漂うような一句の空間もひろがる。どこか老成の気味もあってこの天成の俳人の資質を感じさせるが、一句はまたあやまたず一抹の哀愁をそえて晴朗の青春のロマンをたたえている。死後出版された『石田波郷アルバム』にはこの一句にそえて美しい黄葉の林の写真があったが、こちらの年齢とともに、この一句はその静謐（せいひつ）と美しさを増してくる思いがある。

雁（かりがね）や残るものみな美しき

「雁」（秋）。『病鴈（びょうがん）』所収。「留別」の前書がある。「波郷百句」の自注には「昭和十八年九月二十三日召集令状来。雁のきのふの夕とわかちなし、夕映が昨日の如く美しかった。何もかも急に美しく眺められた。それら悉くを残してゆかなければならぬのであった」。句意、もはや説明を要しない。留別の目に雁も夕映も、そして人も屋根も、すべてがなつかしく美しかったのだ。この句、俳句の必要とする具体的な対象を何一つ描いていない。「雁」も必ずしもその日折よく空を渡っていった、というものではないであろう。芭蕉の雁をはじめ、日本の詩歌の伝統の中で、もっともなつかしきもの、美しきものとして詠まれつづけてきた雁であろう。まるで留別の哀しみをのせて、はるか夕映の空を渡って消えてゆくようだ。いわば日本の詩歌の伝統のもっとも美しい地点でできた一句。

仏生会(ぶつしょうえ)くぬぎも花を懸(か)けつらね

「仏生会」(春)。『酒中花』所収、昭和四十二年作。仏生会は四月八

日。仏生会にはクリスマスとちがって、季節の明るさとともに、花祭の子供の頃の想い出につらなるなつかしさと、あるひろらかなあたたかさがある。療舎をかこむ櫟林（くぬぎばやし）は、いま葉間に黄褐色の細花をつけた目立たぬ花紐（はなひも）を幾すじも懸けつらねている。櫟は木も花も格別のものではない。だが仏生会の今日、それも自然のひそやかな祝福のひとつだ。病床の縛られている作者の心にも、それを眺めながらひそやかな明るさと祝福がある。

ほしいまま旅したまひき西行忌（さいぎょうき）

「西行忌」（春）。『酒中花』所収、同四十二年作。歌僧西行は建久（けんきゅう）元年（一一九〇）二月十六日、河内弘川寺（かわちひろかわ）で入寂（にゅうじゃく）。齢（よわい）七十三。だが忌日は「願はくは花の下にて春死なむそのきさらぎの望月のころ」の歌にちなんで涅槃の日と同じく二月十五日とされている。西行は出家から入寂まで、約五十年間ほとんど旅に過ごした。病床に縛られ、しかも再起の望みはほとんどない波郷にとって、旅はもっとも大きな望みであり、はかない夢でもある。ほしいまま旅をした西行を想いながら、病者の切実なかなしみを宿した一句。さらに、その年「旅したしとも思はずなりぬ落葉ふる」の哀切の一句がある。ついでにこの年の秀句——「春雪三日祭の如く過ぎにけり」を挙げよう。

今生は病む生なりき鳥頭

「鳥頭」(秋)。『酒中花以後』所収、昭和四十四年、病波郷最晩年の

作。鳥頭はキンポウゲ科の多年草。一メートルに及ぶ直立した茎に掌状の裂けた葉を互生し、仲秋、頂上に美しい青紫色の大形の花をつける。花容が伶人（れいじん）の冠に似るのでこの名がある。戦地に病をえて帰還以後、ほとんどの生涯を病床に過ごした波郷の今生への哀切痛恨の思いが宿る。だが、一句はなにか晴朗の丈高さがある。「鳥頭」の五文字の働きによろう。それだけにまた切なく美しい句である。

Ⅲ　現代俳句の風土

一　種の浜の浮鷗

坐してゐて時飛んでをり実南天

赤く色づいた南天の実を時が飛び去っていくのが見える。

何事を我はしつつか。

今年も師走（しわす）に入った。身辺に急に騒立（さわだ）つ潮騒のようなあわただしさがあるが、また一方、心の一隅にしいんとした空洞ができ、そこに入りこむ静かな風音をきくような思いもある。その風音をききながら、今年もまた毎週毎月、新聞・雑誌の選、その他雑多な用に追われながら、おのれをかえりみる暇もなく、あわただしく過した、少しうそ寒くむなしい思いがある。先日、今年「衝動殺人 息子よ」に出演した若山富三郎と高峰秀子のテレビ対談をききながら、すこし蓮っ葉な物言いの高峰秀子が「忙しいってはずかしいことよ」といった言葉が、いたく胸にこたえて、しーんとしたひとときをもったが、後日、

風呂吹や忙は心を亡ぼすと

山茶花や忙しきことは恥づかしと

と、そんな戯れの句を作って、みずからのなぐさめとも、いましめともしたが、いまも呆然たる思いで庭に目をやっている。

庭の木々はあらかた葉を落とし、蕭条（しょうじょう）たる景になったが、いま南天が赤く色づき、侘助（わびすけ）がほのかな紅をひらき、白玉椿が純白の楚々（そそ）たる花をつけて、おりからの朝の光に、ほのかな白光を放っている。心の空洞に吹き込む静かな風音に耳を傾けながら、うつろな目をそのほのかな花あかりに向けていると、ふと日当りのいい日に乾いた落葉のかおりや、おだやかな枯山の姿、そしてひろびろとした淡海（おうみ）の冬の光などが浮んでくる。そのはるかな景が、原稿など措（お）いて、旅へ出てこいと、ぼくの旅心を誘う。日頃の旅は、おおかた一、二泊のあわただしい旅だが、ここ四、五年、一年の多忙を区切るように、ややゆっくりした日程で、年末年始を旅で過ごす。

一昨々年は、近江堅田から京都に出、ひき返して木曾の灰沢で年を越した。

臘梅（ろうばい）の咲くゆゑ淡海いくたびも
数へ日の黄菊白菊布団柄
臘梅に声の不思議は鴨のこゑ
店の外に雪の降りゐる蜆桶（しじみをけ）
大年の法然院に笹子ゐる
よきこゑにささやきゐたる古女（ごまめ）かな
雪の木賊（とくさ）今年飲食（おんじき）忘れよと
義仲忌なほも木曾には古柏

句集『鯉素』の巻末から『游方（ゆうほう）』にのせる句である。「雪の木賊」

は、自らの多忙をいましめて、今年は飲食のために働くなといった句意であるが、ことにこの旅では大年の法然院が心に残った。
法然は日本の名僧の中でも、ぼくのもっとも好きな僧。一昨年も法然の遺骸(いがい)を荼毘(だび)に付したという粟生(あおう)の光明寺（建久(けんきゅう)九年、熊谷直実(くまがいなおざね)——蓮生坊(れんしょうぼう)——の創建）を訪ねて、

それあしたにひらく栄花は、ゆふべの風にちりやすく、ゆふべにむすぶ命露はあしたの日にきえやすし。

という『登山状』の一節を前書において、

目に見えて法然さまや寒の菅

の一句を詠んだが、たとえば「諸国伝説の詞」に伝えられる、

現世をすぐべき様は、念仏の申されん様にすぐべし
ひじりで申されずば妻をまうけて申すべし
妻をまうけて申されずばひじりにて申すべし
住所にして申されずば流行して申すべし
流行して申されずば家に居て申すべし

という法然の言葉は、むしろ俳句の教えとしても、早く青年の日から

心にしみたが、また、乱世、ひたすら浄土への往生を願う貧しい庶民たちの素朴で切実な問いに答えた「一百四十五箇条問答」の中の、

にら、き（葱）、ひる、しゝをくひて香うせ候はずとも、つねに念仏は申候べきやらん。

念仏はなにもさはらぬ事にて候。

月のはばかりの時、経よみ候はいかが。

くるしみあるべしとも見えず候。


という問答は、もはや今日の人びとから見れば、おろかしいとも見えるにちがいないが、乱世に生きる庶民の欣求(ごんぐ)浄土の切実な願いをこめ

て、ぼくには切ない思いがするし、法然の答もまた、法然のいいようのないやさしさとしてぼくの心にしみる。中でも、

酒飲むは罪にて候か。
まことは飲むべくもなけれども、この世のならひ。

という問答の、「この世のならひ」という法然の答は、酒をのまないぼくにも、法然の即妙のひろやかさとして、有難く面白い。今日、前衛俳句をはじめとして、感覚の新奇を競う奇異難解な俳句があるが、いってみれば、この「この世のならひ」が最もひろやかな俳諧(はいかい)の所在ではないか。

さて、その日は朝から寒気がきびしく、友人の田平龍胆子(たひらりゅうたんし)の案内で、哲学の道を歩き、法然院に詣(もう)でたが、大年のこととて参詣(さんけい)人はなく、新しい年を迎えるために二、三の人で静かに庭掃除が行われていたが、ひっそりと静まり澄んで、庭に赤い寒椿が咲き、木立のどこからか笹鳴らしいこえがきこえた。

大年の法然院に笹子ゐる

は、句の簡素な仕立てが、おのずから法然に通じているようで、自ら気に入っている。他に、

行春の旅にゐたれば法然忌

もある。法然の忌日は建暦二年（一二一二）一月二十五日、御忌といい、もと一月十九日から命日の二十五日まで、明治十年（一八七七）以後は四月十九日から二十五日までの七日間、浄土宗の寺々で修忌法要が営まれる。

一昨年の歳末は奈良県の榛原から内牧川に沿って高井に入り、それから仏隆寺を訪ね、一日宇陀の山歩きを楽しんだ。小川に日野菜を洗う老婆に声をかけたり、山ふところの農家の年寄りが近くの松林に入ってひそかな松迎えをしているのを見たり、また農家の庭の澄んだ山水に飼われた鯉をのぞいたりした。

眄の日野菜洗ひに声をかく
谷山にこどもの声す松迎へ
藪柑子竜の玉あり近松忌
冬深みくる色鯉の夢のさま

など、歩きながらそんな句を詠んだ。属目風のこれらの句の一々によろこびをおぼえないわけではなかったが、なお、その時、大きな残りものがあるような気がしてならなかった。その夜、長谷の宿に泊り、

綿虫にかかはりゐたる宇陀郡

の一句を得て、ようやくその思いは終熄した。あとで鷲谷七菜子さん

にきくと、宇陀は日本で最も古く置かれた郡の一つだという。

この時の旅は、さらに伊賀(いが)から芭蕉の御斎峠(おとき)を越えて近江に出、再び堅田に泊って年を越したが、歳末の静かな堅田の町や湖を眺めながら、

みづうみに目をやる鳰の声の晴
年の瀬のみなつくだ煮や湖の魚
鯉こくに鯋(いさざ)の小を年の宿

など、その夜堅田の宿で同行の岡井省二君と、いつものように句作りを楽しんだが、やはり飢渇の思いは残り、帰京の新幹線の中で、

あけぼのや湖に微をとる氷魚網

の句がふっと浮んで、ようやく心が落ちついた。この「あけぼの」の一句には、もちろん芭蕉の「野ざらし紀行」の貞享元年（一六八四）の作、

明ぼのやしら魚しろきこと一寸　芭蕉

があったが、「湖の微」には、その時は気づかなかったが、その一句に芭蕉も心においたであろう「杜甫」の「白小」の詩があることに、あとで気づいた。

白小

杜甫

白小羣分命
天然二寸魚
細微、霑水族
風俗當園蔬
入肆銀花亂
傾筐雪片虚
生成猶捨卵
盡取義何如

白小群分ノ命
天然　二寸ノ魚
細微、ナルモ水族ニ霑(ウルオ)ヒ
風俗トシテ園蔬ニ当(ア)ツ
肆ニ入レバ銀花乱レ
筐ヲ傾クレバ雪片虚シ
生成　猶卵ヲ捨(オ)ク
尽ク取ルハ義如何

これも何年か前の歳晩、雪の湖北から急に思い立って、芭蕉の種の浜に泊って新年を迎えたことがある。芭蕉は「おくのほそ道」の終末近く、敦賀から舟行して次のように書いている。

浜はわづかなる海士の小家にて、侘しき法花寺あり。爰に茶を飲、酒をあたためて、夕ぐれのさびしさ感に堪へたり。

寂しさや須磨にかちたる浜の秋
浪の間や小貝にまじる萩の塵

法花寺は本隆寺といい、種の浜はいまもさびしい漁村。一軒ある旅館もこの日は業を休んで泊めて貰(もら)えず、浜の上の高速道路に沿う土産屋の二階にようやく泊めてもらったが、その夜のおかみの心づくしの、大皿にはみ出るように出された越前蟹(えちぜんがに)の美味は、その年のいちばんの贅沢(ぜいたく)だったろうか。だが、日常の旅とちがって、歳晩の旅寝は、時も流れ、身も流れている、そんな漂泊の思いがひとしお深く、なかなか眠りがこなかった。夕暮、ますほの小貝を拾いに浜辺に下りたが、その時暗くなっていく波間に浮んでいた白い鷗(かもめ)の姿が、漂泊のおもいとともに、眠れない瞼(まぶた)の中にいつまでも浮んで消えなかった。

白をもて一つ年とる浮鷗

行く年、来る年、去年今年の時のはざまには、そうした漂泊のおもいともに、どこか人の世のはかなさとなつかしさの思いが漂うが、さて、先の「綿虫」の句も、「あけぼのや」の句も、いわば、近代の子規にはじまる写生の、いわゆる写実的実体にもとぼしい。その意味で頼りなく、漠々たる句にちがいないが、作者のぼくには、ある根源的なつかしさ、そして何か大きなものに出会えたような、うまく説明できないが、不思議な充足感がある。それは一体何だろう。

二　叡山の雪道

ここ数年、ぼくは多く仏教書に親しんで暮らしている。青年時代に読んだ「教行信証」「歎異抄（たんにしよう）」の親鸞（しんらん）から、法然、源信、最澄と、思えば昔に遡（さかのぼ）っていくようだ。一昨年の夏はぼつぼつ源信の「往生要集」を読み、そして昨年は最澄を読んだ。断っておくが、ぼくに確固たる一つの信仰があるわけではない。いわば無信仰者であろう。仏教書に親しむのは結局、そこに一人の人間の思想と生きざまがもっとも端的にあらわれているからであろうか。詮ずるところ人間の不思議さを読んでいるといってよい。

年々、いくたびとなく淡海への旅を重ねながら、時折叡山にのぼる。淡海を一望に眺める楽しみもあるが、また別の意味もある。

おとどしのある冬の日、堅田からふと思い立って叡山の横川にのぼった。途中、虚子の墓に詣でたほかは、数ある堂塔を見捨てて、まっすぐ恵心院に向った。周囲を高い杉の木立に囲まれた四角な地面に、これもまた小さな方形の恵心院は、しんと静まり澄んで、こちらの心も洗われるようなたたずまいであった。ふと見ると、四辺をめぐらした縁に洗い立ての大根が干してあり、おりからの夕暮の光に白々と冴え、その中に小さな二股(ふたまた)大根があった。陰暦十一月の子(ね)の日（子祭）、酒饌(しゅせん)・玄米・妙豆(いりまめ)などとともに二股大根（嫁大根）を大黒様の妻迎えとして供えるが、大黒はもと印度の摩訶迦羅(マハーカーラ)、最澄が最初に将来し、天台寺院で祭られたのがはじめという。恵心堂に二股大根を見かけたも、なにかの因縁かと、微笑をさそうなつかしさがあった。

恵心院は、それがほんとうかどうか、恵心僧都(そうず)、つまり源信がその主著「往生要集」を書いたところだと、何かの案内書に書かれている。恵心僧都といえば「源氏物語」の「宇治十帖」に、投身した浮舟を助けた「横川の僧都」として知られているが、宗教的には、それまでの自力信仰から法然・親鸞の他力の浄土宗を生む、その発端の、あるいは過渡期の僧であり、なお微妙に自力と他力が混淆しているところに特色がある。

「往生要集」は、永観二年（九八四）から翌四月まで、彼の四十三歳から四十四歳にかけての著である。彼はその頃、すでに叡山でも秘境といわれた横川の首楞厳院に隠棲していたといわれる。「往生要集」は、そのはじめにすさまじい地獄の様相が描かれ、そのことによって知られるが、ぼくには、むしろ、念仏の段階を克明に説いた「大文第四」以下の「正修念仏」や「尋常の別行」の章が心に残った。

念仏の段階は、はじめ「別相観」といって、阿弥陀仏の全体を、頭頂の肉髻、髪毛、髪毛の光明というふうに足下の千輻輪に至るまで四十二相に分け、その一つ一つの特徴をつぶさに観想しながら念仏する。つづいて「惣相観（そうそうかん）」と称して、仏の全体を如実に観想して念仏する。だが、それが出来ない「頑魯（がんろ）」の者は、仕方がないから「雑略観」といって仏の白毫（びゃくごう）だけを心に浮べて念仏すればよいという。この観法は、あるいは俳句の、あるいは写生の修練の段階におきかえても面白いかも知れぬ。だが以上の観法は観法として未だ仏と自他一体の境地ではない。彼は窮極の念仏として「如想念」を説く。そこの文章が面白い。

また舎衛（しゃえ）に女ありて須門と名づくと。これを聞き心に喜びて、夜夢に事に従ひ、覚め已りてこれを念ふに、彼も来らず我も往かざるに、しかも楽しむ事、宛然たるが如し。当（まさ）にかくの如く仏を念ずべし。

「舎衛」は国の名。これもまた俳句の窮極ととっていいが、性の問題は、当時の僧にとって最大の苦しみであり、また仏教にとっても最大の困難な問題であったろう。彼も若き修行の日、幾たびも、こうした性夢を見、恍惚と慚愧をくりかえしたにちがいない。そしてこの「如想念」の一説話は、人間の性の問題を大きくつつんで、さきの法然の問答と同じく、源信のいいようのないやさしさとして心にしみる。仏法も、そして人生に齢を重ねるということは、結局、何かを許しながら大きくやさしくなることではないか。

ちなみに「往生要集」にはくわしく「臨終の行儀」が説かれている

が、源信自身は七十一歳で不治の病に臥し、寛仁元年（一〇一七）七十六歳で往生院に没した。その間阿弥陀仏を安置した部屋に臥し、さらに脇息の上に小さな阿弥陀仏をのせ、その阿弥陀仏の御手に五色の糸をからませ、それを自分の手に握って阿弥陀仏とともに極楽往生を願ったという。いよいよの際、かしずいていた弟子の侍僧が「いま御師匠様に見えている浄土はどの辺ですか」と問うと、源信は「下品の上生くらい」と答えたという。浄土は上品の上生から下品の下生まで九段階、三品九生がある。この源信の臨終のさまも、臨終の言葉も、最早現代人には笑うべき迷妄かも知れないが、ぼくには、何かに畏れを失った現代人に対して、つつましさ、ゆかしさとして心深い。

　さて、去年の歳末もまた淡海の湖畔を転々として、今年の元旦の初詣には叡山にのぼった。

雪はいま高きにありて比良の峯
一笊やありていのまま寒蜆
寒諸子あはあはと酢ののこりけり
鴨は夜の鍋となりをり鳰のこゑ
味噌汁の寒蜆また海の蔵
最澄の山餅啣へたる犬に逢ふ

今年の正月はあたたかく、比良の峯にわずかにおいている雪を眺めたが、坂本からケーブルで叡山にのぼると、さすがに雪の道であった。根本中堂までの朝の凍てついた雪の道を滑らないように踏みしめながら歩いていると、そこで不思議な光景に出会った。一匹の赤犬が、どこで拾ったのか、径二十センチほどの大きな餅を咥えて、あとからとことこと追い越して行ったのだ。この奇妙な光景に、あっと立ちどまり、そのうしろ姿を目に追いながら、その時、衝撃のような不思議な感動が胸にあった。

叡山の各所の堂塔を歩いていると、ところどころに「一隅を照らす」とか「解脱の味独り飲まず」と書かれた立札が立てられている。昨年は福永光司氏から『日本の名著3　最澄・空海』を贈られて、多く最澄の著や最澄に関する書を読んだ。「一隅を照らす」は「山家学生式」の一つ「天台法華宗年分学生式」の「国宝とは何物ぞ、宝とは道心なり。道心ある人を名づけて国宝となす。ゆゑに古人云く、径寸十枚これ国宝にあらず。一隅を照らすこれすなはち国宝なり」とある冒頭の言葉、「解脱の味独り飲まず」は、延暦四年（七八五）七月、最澄二十歳、いま流に数えれば十九か、まだ堂塔もなかった叡山にはじめて入山し、五つの心願を発して書いた「坐禅の際にみづから願文を製す」の中にある。

願文は「悠々たる三界は、純ら苦にして安きことなく、擾々たる四生は、ただ患ひて楽しからず……」にはじまり、「ここにおいて、愚の中の極愚、狂が中の極狂、塵禿の有情、底下の最澄……（中略）……迷狂の心に随ひ、三二の願を発す。無所得をもって方便となし、無上第一義のために、金剛不壊不退の心願を発さん」の前文につづいて、

われいまだ六根相似の位を得ざるよりこのかた、出仮せじ。その一

いまだ理を照らすの心を得ざるよりこのかた、才芸あらじ。その二

いまだ浄戒を具足することを得ざるよりこのかた、檀主の法会に預らじ。その三

……………

……………

いわば悟りをひらく段階に達するまでは、世間に出ず、また他の才

芸をも習得せず、檀家の法会にもあずからず、など五つの心願を記したのち、

伏して願はくば、解脱の味、独り飲まず、安楽の果、独り証せず、法界の衆生と同じく妙覚に登り、法界の衆生と同じく、妙味を服せん……。

と書かれている。いまこれを書き写しながら、二十歳の年少の文章としての驚きもあるが、その時、雪道を餅を咥えて急ぐ犬に、いわば、この最澄の「解脱の味、独り飲まず、安楽の果、独り証せず」の心願が、そのまま生きて証されている、そんな不思議な咄嗟(とっさ)の感動がぼく

にあった。
句は、叡山を「最澄の山」とおいて即座に成った。が、句としても無様な一句にちがいない。そしてその時ぼくの感動も無様といえば無様といえる。一句の評価も褒貶（ほうへん）の貶が半ばを越えたが、時に作家はそういうことも必要であろう。いまその無様な感動をのせてそのままにしておきたい。

だが、最澄に関する本を読んでいて、最も強く不思議な感動を覚えたのは、ほかならぬ最澄の黒子（ほくろ）であった。今日「来迎院文書」として若き日の最澄に出された公文書が三通残っている。「国府牒（ちょう）」「度牒」「戒牒」の三通である。これは「信長公記（しんちょうこうき）」にもしるす「根本中堂、山王二十一社をはじめたてまつり、霊仏霊社僧坊経巻、一字も残さず、一時に雲霞のごとく」焼き払った、いわゆる叡山焼打にも不思議に難をまぬがれたものである。その一つ、延暦二年正月二十日に出された「度牒」には、

沙弥最澄十八
近江国滋賀郡古市郷戸主正八位下
三津首浄足戸口同姓広野
黒子頸左一　左肘折上一
…………

と書かれている。「度牒」とは得度証明書、これによって三津首広野

に最澄の名が与えられ、師僧が行表（ぎょうひょう）であったことが知られるが、写真がなかった当時、当人を確実に証明する身体的特徴として黒子（ほくろ）が書かれたのであろう。この最澄の黒子に出会ったとき、ぼくには先の彼が発した心願の仏教的決意よりも、何かはるかな強い感動があった。何故だろう。無論彼を支えるものは仏僧としての偉さにちがいないが、その時、ぼくを襲ったものは、いわば最澄の人間としてのなつかしさ、或いは人間としての言いようのないいとしさ、かなしさのようなものであったろうか。いまそれを上手に言えないが、この二つの黒子から不思議に最澄が見えた思いがあった。だが、思えばこれも無意味な感動の仕方にちがいない。もちろん、誰に黒子があっても不思議ではなかろう。しかし、僧籍に入って必ず誰もが大きな仏法に出会うとは限るまい。ぼくには、この小さな黒子が歩き、歩いて大きな仏法に出会った、そんな不思議な感動があった。この小さな俳句もまた、歩き、歩いて、この世の実象を越えた大きな存在に行き逢（あ）えないものか。

「時」という字は「日」に「寺」と書く。これはおそらくぼくの牽強（けんきょう）付会（ふかい）にちがいないが、人間はいずれ、日が経って寺にゆく、ということであろうか。「寺」の「寸」はもともと細かなきまり、法規をあらわし、寺はもと宮廷・役所のことを意味したが、漢の明帝の時、西域の僧摂摩騰（しょうまとう）がはじめて経文を白馬にのせ来り、今の外務省鴻臚寺（こうろじ）にとどまり、やがて寺の名をとって白馬寺を創立、以来、精舎・仏閣のことを寺といった。「てら」は朝鮮語の礼拝（chyöl）の転訛（てんか）であろう。

「詩」もまた「言」に「寺」と書く。石田波郷は「俳句は文学にあら

ず」と言った。ぼくもまた、かつて加藤楸邨の、

我を信ぜず生栗を歯でむきながら　　楸邨
声出してみて笹鳴に似ても似ず
幽霊ぼやふたたびはわが見ざるべし
恋猫の皿舐めてすぐ鳴きにゆく

の『まぼろしの鹿』の諸作にふれながら「俳句は所謂文学とも詩ともちがう。もっと不様にこの人間の存在のむなしさや不思議さ、かなしさやこそばゆさに深く膚接するしたたかな何物かではないか」と書いたことがある。そしてその思いはいまも変らないが、俳句もまた詩の一ジャンルにちがいなく、とすれば俳句もまた言葉を以て(もっ)一寺を建立

する底のものであろう。

三　白鳥のごと

若き日の八衢(やちまた)おもへ夜の辛夷(こぶし)

二年前（昭和五十三年）の一月十日、長崎の原爆以来足の不自由だった母が亡くなった。いつも洗顔をすますと、その前の母の病室をのぞくのがならわしだったが、その日は朝早くから来客があって、やっと十時ごろ用件をすまして母の部屋をのぞくと、もう母は冷たくなっていた。二日前、胸の激痛を訴えたが、翌日はけろっとして夜遅くまでテレビを楽しんでいたのが、あっけない死であった。享年七十八歳、心筋梗塞(しんきんこうそく)であった。昭和三十八年、父の死のときは、痛切な悲しみが、父の死顔とともにいつまでも消えなかったが、母の死は、悲しみが悲しみにならなかった。弟たち六夫婦が長崎から駆けつけ、通夜・葬儀、そして初七日とあわただしく日が過ぎたが、彼らが引き上げたあと、ほっと穴のあいたような日が来た。そんなある日の今にも雪になりそうな寒い日暮れ、近くの桜並木を歩いていて、ふと残照を残してあずき色に暮れてゆく桜の梢(こずえ)を仰ぐと、もう粒々の芽をいっぱいにつけていた。その時急に、ああ今年の花はきっと美しいにちがいない、そんな悲しみのような思いがはじめて胸に湧いた。「母帰して花になる」そんな思いだったろうか。よし、今年は吉野のさくらをはじめ、母の供養のためにも所々のさくらをぜひ歩いてみたい。しかも爛漫(らんまん)のときに。そうすれば花となった母のかなしみ、あるいはうれしさ、そして爛漫の虚空からさくらの心も見えてこようか。桜の芽を仰ぎながらそんな思いに誘われていた。

四月、さくらの開花をまって、吉野の花の旅をこころざしたが、途中京都に一泊、醍醐(だいご)・宇治(うじ)の桜、円山公園の満開の夜桜を見て歩いたが、どこも人・人・人の混雑で、結局、さくらの心を見ることができず、翌日は吉野行をあきらめて、桜には早い常照皇寺を訪ね、さらに花背の奥の大悲山峰定寺(ぶじょうじ)に入り一泊、それから朽木(くつき)をへて湖西に出て、再び湖南の桜を見て帰ってきた。

花背への途中、大布施(おおふせ)あたりだったろうか、古い民家のような地蔵院があり、薄紅梅の大樹が見事な満開で車を下りて立ち寄ると、門に

「米を食べていただく方はないでしょうか、一石ほどあります。値段はいくらでも結構です」と、墨筆の貼紙がしてあり、いかにもひなびて、人肌にふれたようななつかしさを呼んで面白かったが、老木の薄紅梅のさかりを仰ぎながら、「さくらでなく、いまこんなところにいたのですか」と、母に呼びかけるような思いでしばしたたずんだ。

紅梅や名を大布施の村の中

だが、この旅でもっとも美しかったのは辛夷（こぶし）の花であった。周山（しゅうざん）街道から湖西に出る比良の裏側の山道は、杉山をつづって点々と真白な辛夷の花が浮ぶように咲き満ち、これほどたくさんの辛夷があったのかと、今度のさくらの旅は辛夷の旅となった。

その辛夷を見ながら、

辛夷咲いて我の生るるまへの母

の、かつての一句も浮んだが、今年はわが家の庭の辛夷も、いつにな
くいっぱいの花をつけた。ある夜、少し冷え冷え（ひび）と澄んだ夜空ととも
に、その純白の花を仰いでいると、ふと痛いような思いで、戦争にゆ
く前の、学生時代の日々、青春の憂悶（ゆうもん）をかかえて、毎夜長崎の街や博
多の町を彷徨（ほうこう）した日々が甦（よみがえ）ってきた。「八衢（やちまた）」はすでに「万葉集」に、

橘のもとに道履む八衢にものをぞ思ふ人に知らえず

の歌があるが、それはまた、その苦い思い出はぼくの俳句をはじめた

頃につながっていく。

さて、先生（加藤楸邨）に初めてお目にかかったのは昭和十六年、多分四月はじめであった。祖母を連れて初めて上京、十日程先生の勤めていた府立八中（いまの都立小山台高校）にほど近い旗の台の叔父の家に止宿していたが、この上京の最大の目的を先生に会うことにおきながら、心臆して決心がつかず、結局、帰郷の前日、勇を鼓して都立八中にお訪ねした。早速近くの喫茶店に案内され、コーヒーと焼林檎（りんご）を御馳走（ごちそう）になった。その時何を話したか、その時のうわずった夢のような気持と、もうはるかな歳月の果にかすんで何一つ覚えていないが、先生にお会いできた興奮と、はじめて食べた焼林檎のうまかったことだけが、いまも鮮明に思い浮ぶ。焼林檎の方は、東京にはこんなうまいものがあるのかと、田舎者のぼくの驚きであったにちがいない。
もう一度、戦前にお目にかかったのは翌十七年の九月、召集令状を受けとって直ちに上京した。今度はそのことだけで上京した。出征すれば再び会い難い、そんな切実な思いからだ。その時、ぼくは所蔵の本居宣長の短冊をお別れに持参し、先生からは曾宮一念の向日葵の色紙を頂戴した。

向日葵の一茎を享く勁かれと

と、拙い一句を『雪櫟』の中に残しているが、その色紙は惜しいことに長崎の原爆に焼亡してない。だが、その折、先生がノートからあの「隠岐」の大作をよんできかされたことを、いまも忘れない。

さえざえと雪後の天の怒濤かな　　楸邨

にはじまり、

春さむく海女にもの問ふ渚かな
荒東風の濤は没日にかぶさり落つ
耕牛やどこかかならず日本海

後鳥羽院御火葬塚

水温むとも動くものなかるべし
隠岐やいま木の芽をかこむ怒濤かな

など、『雪後の天』に収める百九十余句に及ぶ雄渾（ゆうこん）の大作である。隠岐の旅は前年の三月だが、おそらく俳句事件につらなる圧迫が先生にも及び、未発表のままになっていたのであろう。先生の顔も暗く、読み方にも鬱勃たるものが秘められていた。ぼくはぼくで、その一句一句に深く聴き入りながら、また期しがたいおのれの未来に、暗く思いを沈めていた。門を出るとおりから望の月が高い槻の木に明るかった。

望の槻一すぢみちとなりにけり

さて、フィリピン、ボルネオでの苛烈な戦火からも生き残り、そしてこの焼林檎と向日葵の思い出からも、すでに茫々四十年に近い歳月が流れた。その間、人生にも、おのれの俳句にもいささかの成熟があったにちがいないが、いまあらためて、「俳句とは何だろう」と問い直してみて、その問いは「人生とは一体何だろう」という問いと同じく、むしろ齢とともに深まる思いがある。

かえりみて『雪櫟』の「あとがき」に、

書名『雪櫟』はいま僕が住んでゐる武蔵野の一隅、北大泉の茅屋から眺められる四囲の風景からとつた。六畳一間の、しかも板間の小家に親子五人の生活を送つてゐる。これは貧しく、人口過剰の日本の現状さながらではないか、と僕は自ら苦笑する。だがいま雪も消えて、櫟林の梢はぽつと赤らんでいゝ景色だ。（中略）
この間俳壇では俳句に於ける社会性、或ひは近代性についてやかましい論議が行はれたが、僕はそれらを一応黙殺して自らの生活に執した。僕の腹の虫がそれらの論議を容易と見たこともあるが、何よりも生活に余裕がなかつたからであらう。僕はこの態度を必ずしも正常だと思つてはゐない。僕らの青春が通つてきたあの〝暗い谷間〟も、またみじめな庶民の生活も、これからの世代にあつてはならぬことだけは確かなことだ。

と書きながら、

塩断つて鶏頭に血を奪はるゝ
薄衾頤のせて待つものもなし
蟻入れて終夜にほへり砂糖壺

妻に米ありて春日の煙出し
腎衰へて昆虫のごと冬最中

＊

新緑や濯（すす）ぐばかりに肘（ひじ）わかし
雪嶺（せつれい）まで枯れ切つて胎（はら）かくされず
家に時計なければ雪はとめどなし
枯るゝ貧しさ厠（かはや）に妻の尿（しと）きこゆ
除夜の妻白鳥（はくちょう）のごと湯浴（ゆあ）みをり

など、戦後、結婚して上京、直ちに病んだ一年有余に亘（わた）る病苦と、つづく貧窮の生活を、自ら執して、いわば妻子吻合（ふんごう）のうたとして、つぶさに詠ってきた。

つづく第二句集『花眼』は、自ら「花眼」の年齢に達するとともに、昭和三十八年、父を喪った時期をはさむ句集である。

父の死は、怖れていた癌ではなかったけれど、高血圧、血行不順から徐々に進行した潰瘍性大腸炎、享年七十三歳であった。八月長崎医大に入院、以後十月二十三日の死に至る三カ月、血便日に二、三十回に及び、全く食思なく、栄養はすべて一日十時間に及ぶ点滴と注射によって補給する凄惨な死との闘いであった。利用できる血管はすべて利用し、腕、股の注射痕は皮膚の色を紫に変え、しまいにはタオルで蒸して、掌の甲、親指の血管にまで及んだ。父はその瀕死の重症の中で、幼時の信仰であるカソリックに還った。真宗である母と結ばれて以来、異教徒との結婚を許さぬ教会から離れ、信仰問題は長く父の苦しみとなったが、この瀕死の重症に、やはり幼時の信仰に還ることによって死の安心を得たかったのであろう。母の信仰はそのままとし、父だけがカソリックに還る手続きとして、ローマ法王に、

㈠　夫の信仰をさまたげないこと

㈡　今後生れる子供はカソリックの洗礼を受けること

の、形式的な二条項の誓約書を入れて特別許可を仰ぎ、浦上天守堂の神父の立会いによって、父は長崎医大の病室で、七十三歳、母とあらためて宗教的結婚式をあげた。以来父の胸に十字架がさげられ、毎週、浦上の信者を伴って病者のための神父の巡回があり、喘苦(ぜんく)の中に死の日まで父の告白と禱(いの)りの日がつづいた。父の嬰児(えいじ)洗礼名はベルナルド。

去年アメリカへの旅の機中、同じ長崎に育った山本健吉氏は、キリスト教の信仰について信じられるのは、天草四郎のような嬰児洗礼と正宗白鳥のような臨終洗礼だけだ、と語られたことがあるが、父の場合は期せずして嬰児洗礼と臨終洗礼となった。いまぼくにはキリスト教の信仰もなければ、固定した仏教の信者でもない。いわば無信仰の無免許運転である。にもかかわらず宗教に深い関心をもつのは、そうした宗教的に複雑な家庭環境に育ったことにあるかも知れない。それはともかくとして、三カ月の死の病床を看とりながら、ぼくにあったものは、人間は生きることも、死ぬことも大変だ、という切実な感慨であった。

その父の死の前後から、中国の悼亡詩に関心をもつとともに、「詩経」「文選」「老子」「荘子」など多くの中国の詩文、ことに日本の中世の能や「今昔物語」「古今著聞集」「沙石集（しゃせきしゅう）」など、自ら恠（あや）しいほど読書欲に駆られながら、人間は古来おびただしい生死をくり返しながら、生きているうちに一体何を喜び、何を悲しみ、何を見てきたのか、そうした問いと関心の中に、

父の死顔そこを冬日の白レグホン

綿雪やしづかに時間舞ひはじむ

盆唄の夜風の中の男ごゑ

錦木や野仏も夜を経たまひぬ

雪嶺のひとたび暮れて顕（あら）はるる

餅焼くやちちははの闇そこにあり

雪国に子を生んでこの深まなざし

年過ぎてしばらく水尾のごときもの

など、多く人間の生きている時間をみつづけてきたが、それはまた、むしろ死をそこにおいて、生の方の愛の不思議や艶冶（えんや）を思い、生きることのよろしさをみる「花眼」として、自らの句に一つの幻術をほどこすよすがとしたといった方がよかろうか。

明るくてまだ冷たくて流し雛

もの言うて歯が美しや桃の花

雪夜にてことばより肌やはらかし
遠目にも男の彼方蘇枋咲く
辛夷咲き琺瑯の空ゆらぎをり
　修那羅峠
只の顔して冬のはじめのほとの神

四　秋の淡海

『花眼』をぼくの時間の書といってよければ、次の『浮鷗』は空間の書といってよかろうか。『花眼』の針の目度を通すような、やや息のつまる仕事から自己を解放して、たたらを踏むように広い空間に出て

みたい思いがあった。越後から信濃へ、さらにその他に旅を重ねて、

さくら咲きあふれて海へ雄物川
鶏頭をたえずひかりの通り過ぐ
越後より信濃に来つる法師蟬
三月や生毛生えたる甲斐の山
雪嶺や田にまだなにもはじまらず
滝落ちて山中の子に春休み
大木の四五本を過ぐ良夜なり
蚯蚓鳴く顔して山のひとり姥
山に老い芒のごとく息しをり

大根引く男か女か山の暮

など、あらたな句風の転換を試みながら、いわば人間の生きる時間の無常とともに、人間の生きる空間、その実の空間からさらに人間の浮かぶ虚の空間というべきもの、それを一句の空間として大きくとり込んでみたかった。

その転機をなしたものはシルクロードの旅であろう。

昭和四十八年八月、楸邨先生と行をともにしてソ連中央アジアの砂漠の町々を歩いた。

シベリアのほぼ中西部ノボシビリスクから南へ機上約一時間半、ようやく広大な中央アジアの砂漠が広がる。見下ろすと、その代赭（たいしゃ）色の砂の大地をどこまでも定規でひいたように一直線に走る砂漠の道、湖上を飛ぶとき一瞬機翼を瑠璃色にパッと染めたバルハシ湖の碧瑠璃、雲上に夢の浮城のように雪をおいて重なり連なる天山の山脈、その山麓の美しい林檎の町アルマ・アタ（カザフ語で「林檎の父」の意）、あるいはかつてティムール帝国の都サマルカンドの、その一代の英雄ティムールの柩を収めたグル・イ・エミル廟、レギスタン広場にそそり立つシル・ドル、ティリア・カリ、ウルグベクの三つのメドレセ（学林）、ビビ・ハヌイムの大寺院、シャーヒ・ジンダ廟群など、イスラムの目の覚めるようなモザイクを嵌めこんだ歴史的遺蹟の壮麗、またブハラの、まさに芭蕉の「夏草や兵ども……」を想わせる外城の残壁、灼けるような碧天に突き刺さったカリヤンの塔、さらにそれらの町々に住む歴史の悠久を刻んだアジア人種の顔、ことに朝早くからチャイ・ハナ（茶店）に集って悠々とお茶を楽しむ老人たちの、小さな澄んだ目をはめこんだ静かでおだやかな顔々、その悠々はどこからくるのか——それらの一つ一つに夢のような深い感動や想念にとらわれながら、旅のある一日の終りの、疲れた夜の静かな床上の心に、それらの感動や想念の果に、ふと、どこからか芭蕉の、

行春を近江の人とお（を）しみける　芭蕉

の一句が浮び上り、ふかぶかとした思いに誘った。自ら遺言して義仲寺の木曾塚（きそづか）の隣に骨を埋めて、近江の風光を愛した芭蕉には、

四方より花吹入れて鳰の海　　芭蕉
病鴈の夜さむに落（おち）て旅ね哉
海士の家は小海老にまじるいとゞ哉
辛崎の松は花より朧にて

など、すぐれた作品が多い。だが、その時「行春を……」の一句が浮んできたのは何故だろう。

句は元禄三年（一六九〇）の作。前年九月「おくのほそ道」の長途の旅を終った芭蕉は一旦故郷伊賀に帰り、近江の大津で越年、以後故郷伊賀との往反を重ねながら翌四年まで近江に滞在、去来・凡兆と「猿蓑（さるみの）」を編む。「猿蓑」には「望二湖水一惜レ春（ミテ ヲ シム ヲ）」の詞書（ことばがき）で出ており、

「堅田集」（歌雄等編・寛政十年）には真蹟として「辛崎に舟をうかべて人々春の名残りをいひけるに」の詞書で出ている。なお「去来抄」にはこの一句について芭蕉・去来の問答をのせた有名な一条がある。

先師曰、尚白が難に、近江は丹波にも、行春ハ行歳にも有べしといへり。汝いかが聞侍るや。去来曰、尚白が難あたらず。湖水朦朧として春をおしむに便有べし。殊に今日の上に侍るト申。先師曰、しかり、古人も此国に春を愛する事、おさ〳〵都におとらざる物を。去来曰、此一言心に徹す。行歳近江にゐ給はゞ、いかでか此感ましまさん。行春丹波にゐまさば、本より此情うかぶまじ。風光の人を感動せしむる事、真成哉ト申。先師曰、汝ハ去来、共に風雅をかたるべきもの也と、殊更に悦(よろこび)給ひけり。

シルクロードの旅を歩きながら、その後しきりにこの芭蕉の一句が想い出されていたのは、中央アジアと近江と、風土も歴史も、その性格も規模もちがうが、そこにあるはるかなもの、その悠々のおもいであろう。この一句の、事実春を惜しんでいるのは近江の人びととであり、またひろやかな湖水をもつ近江の風土感をこめながら、それらをはるかに越えて、この一句のもつやさしさとなつかしさは、古来、春を愛し、行く春を惜しんできた日本人の心の、これからもつづくはるかな思いであろう。いわば、この一句を詠(うた)った芭蕉の時点に、過去の日本文化の総体が集約され、さらにまた未来につづく文化の伝統がここに言いとめられている。その俳諧の縦の座とともに、近江の人びとへの親しい挨拶とともに、広く日本人の心に連なる挨拶——俳諧の横の座がある、そうしたはるかな感銘であった。

シルクロードの旅の疲れが癒えるとすぐ近江の旅に出たが、その後の度重なる近江の旅にも、この行く春を惜しんだ芭蕉の一句を放さず持ち歩き、また「去来抄」の「湖水朦朧として春をおしむに便有べし」の文句を呪文のようにつぶやいていた。この芭蕉のもつ、やさしく、しかもはるかなもの、ひろやかな空間をかかえこんだその豊かな呼吸を、現代俳句が喪ったものとして、もう一度自分の作品の呼吸として呼びこんでみたかったたからだ。

秋の淡海かすみ誰にもたよりせず
城多く寺多くして秋の湖
雁の数渡りて空に水尾もなし
たまのをの花を消したる湖のいろ
鳰（かひつぶり）人をしづかに湖の町
羽づかふ見えて淡海を雁渡る
雪暮れて湖を見せずに鳰のこゑ

第四句集『鯉素』（「鯉素」は手紙の意）には、

蓬萊や湖の空より鳶のこゑ

はるかより鷗の女（め）ごゑ西行忌

淡海いまも信心の国かいつむり

寝るときの冷えや魦（いさぎ）を身のうちに

淡海見ゆ近江今津の麻畠

湖に今日を惜しめば諸子の酢

一宿の淡海に近し江鮭（あめのうを）

豊年や尾越の鴨の見ゆるとき

年過ぎてこゑ残りたるかいつむり

臘梅の咲くゆゑ淡海いくたびも

臘梅に声の不思議は鴨のこゑ

など、なお年毎に幾度も淡海への旅を重ね、芭蕉の近江からようやく自分の近江へ、また、

椛屋が春の雪嶺見てゐたり

すぐ覚めし昼寝の夢に鯉の髭

鶏頭やされども赤き唐辛子

飛驒の夜を大きくしたる牛蛙

剃刀(そり)あてて数へてゐたる青瓢

地蔵会のこどもの色の紅(きん)冬瓜

筍の誕生仏を掘り起す

大鯉を料りて盆のならず者

など、俳諧の諧を加えるとともに、

ぼうたんの百のゆるるは湯のやうに
西国の畦曼珠沙華曼珠沙華
春の野を持上(もた)げて伯耆大山を
若狭には仏多くて蒸鰈
炎天より僧ひとり乗り岐阜羽島
みづうみに鰲(ごう)を釣るゆめ秋昼寝
友が家も旦過や池に秋の鯉
ふり出して雪ふりしきる山つばき
青饅(あをぬた)やこの世を遍路通りゐる

鯏(はす)釣(つり)の鯰上げたるときに会ふ

大年の法然院に笹子ゐる

の諸作を作りながら、「花眼」「浮鷗」の時空を越えて、俳句はいずれ夏炉冬扇(かろとうせん)、人間の案ずる時空を越えれば――虚空燦々(さんさん)、ではないかという思いがあった。

句集『游方』はUFOのわが諧謔(かいぎやく)非俳諧ととってもいいが、禅僧が方々の寺々を巡り歩くこと、遍山の意である。唐代の禅僧洞山のことばを記録した「洞山録」(『瑞州洞山良价禅師語録』)に「游方シテ首(ハジメ)テ南泉ニ謁ス」とある。

八荒のこゑふえそめし百千鳥（ももちどり）

さへづりの素足くすぐる涅槃かな

水爽やかに仏性の鯉の髭

ねんごろに蟬の交（つる）みも見て旅す

さるすべり美しかりし与謝郡

もののふの東にをりて西鶴忌

不退寺のさればやここに真葛（さねかづら）

法華寺の蕓の雨の秋の昼

坂鳥の吉野に越えぬ臍（ほぞ）峠

名の月のをはり吉野に菊膾

無事は是貴人といへり蕪蒸（かぶらむし）

冬深みくる色鯉の夢のさま

魚は氷に上りて白き鷗どり

仏像をあまた見たれば蝌蚪にこゑ

水貝や海よりもやや山に入り

歩きゐて日暮るるとろろ葵かな

八月の吉野に飛ぶや青鷹（もろがへり）

ぎんなんをむいてひすいをたなごころ

秋の夜やしぼりの夜具をのべてより

藪巻や晴れを見にゆく日本海

こほるこほると白鳥の夜のこゑ

火にのせて草のにほひす初諸子

仏足に春のくはしき松の影

など、多く旅――游方の作を収めて、句はいよいよ、粘りをぬいて淡泊になっていくようだ。これがいいことかどうか。だが、先の一寺建立の思いとともに、ぼくにはいま次の西行の言葉が身にしみる。西行はしばしば高山寺の明恵(みょうえ)を訪ねたが、明恵の弟子喜海が書いた『明恵伝』に次の西行の言葉がある。

西行法師常に来りて物語りしては言はく、我が歌を読むは遥かに尋常に異なり。花、ほととぎす、月、雪、すべて万物の興に向ひても、およそあらゆる相これ虚妄なること、眼を遮り、耳に満てり。また読み出すところの言句は皆これ真言にあらずや。花を読むとも実に花と思ふことなく、月を詠ずれども、実に月とも思はず、ただこの如くして、縁に随ひ、興に随ひ、詠みおくところなり。紅虹たなびけば虚空色どれるに似たり。白日かがやけば虚空明らかなるに似たり。しかれども、虚空は本明らかなるものにあらず。また、色どれるにもあらず。我もまたこの虚空の如くなる心の上において、種々の風情を色どるといへども更に蹤跡なし。

Ⅳ　近・現代の俳句小史

一　正岡子規の俳句革新

江戸時代、松尾芭蕉、与謝蕪村、小林一茶らが出て以後、明治の初期にかけて、各地の宗匠たちを中心に、俳句はいよいよ大衆の中に広がっていったが、その俳句は、芭蕉を俳聖とあがめることによって、宗匠の地位を保ちながら、じつは通俗陳腐な、いわゆる月並(つきなみ)俳句におちいっていった。月並とは、毎月、日を定めて行われる句会のことだが、その作品がごくつまらない作品であったことから正岡子規が命名したものである。しかし、その正岡子規も、故郷松山で旧派の宗匠大原其戎(きじゅう)について俳句を学び、最初は月並俳句から出発した。

一重づつ一重づつ散れ八重桜　　正岡子規

春雨や柳の糸もまじるらん

がその例である。第一句は、八重桜だから一重ずつ散れという理屈からできているし、二句目も、糸のようにしとしとと降る春雨の中には枝垂柳(しだれやなぎ)の糸も交じっているだろう、ということで、これも理屈がもととなっていて、いずれも、眼前の八重桜、あるいは柳から呼び起こされた新鮮な感動から生まれた句ではないのである。

明治二十四年（一八九一）、子規はライフワークとなった「俳句分類」に着手する。これは古典俳句を広く探し求め、季題別に分類する仕事だが、この作業を進めていくうちにおのずから俳句という文学の骨格を学んだのであろう。翌二十五年には新聞『日本』に「獺祭書屋(だっさいしょおく)俳話(はいわ)」を連載し、その後、「芭蕉雑談」（明治二十六）、「俳諧大要」（明治二十八）、「俳人蕪村」（明治三十）など、続々と俳論を発表し、俳句革新ののろしを上げた。子規の行った俳句革新の要点を次にあげる。

(1)　ふたりあるいは数人でよみついでいく連句を個人の創造ではないとして否定し、発句(ほっく)を俳句として独立の文学としたこと。

(2)　月並宗匠たちが偶像化していた芭蕉より絵画的で印象鮮明な蕪村を称揚したこと。

(3) 俳句の基本的な方法として写生を唱道したこと。

最後の「写生」は、当時新聞『日本』の同僚でもあった洋画家の中村不折(ふせつ)、下村為山(いざん)などに教えられ、日本の文人画的なかき方でなく、洋画の綿密な写実、その基本にあるスケッチに共鳴して、俳句に採り入れたもの。以後、彼の作品は、前出の「八重桜」や「柳」の句のように、理屈でひねったような作品ではなく、眼前の対象を写生した、平明で印象鮮明な作品に移っていく。

赤蜻蛉(あかとんぼ)筑波に雲もなかりけり　正岡子規

稲雀(いなすずめ)稲を追はれて唐黍(とうきび)へ

我袖に来てはねかへる螽かな

鳥啼いて赤き木の実をこぼしけり

など、初期の写生による代表的な作品である。

もちろん、子規も「写生」を俳句の唯一の方法として説いたのではなく、それに理想が加わって初めて第一級の句ができることを言っているが、ただ初心者にとって間違いない方法として写生を唱道し、それによって「最善なる句」は得難いとしても「第二流の句」はできやすいということを説いたのであるが、子規自身、自ら毎日十句、あるいは二十句と課するようにしてつくった生涯約一万八千句におよぶ彼の写生による作品は、おおむね陰影にとぼしく、平板な第二流の作品が多かった。

こうした彼の作品は、晩年の作、あるいは最後の〈糸瓜咲て痰のつまりし仏かな〉〈痰一斗糸瓜の水も間にあはず〉〈をとゝひのへちまの水も取らざりき〉の絶唱に至る、いわば過程だった、と言えるかもしれない。死んでゆく己を強く見すえて、「仏かな」という客観の余裕とユーモアをたたえながら、ここにはもう写生をこえた、いのちそのものがうたわれている。

子規没（明治三十五）後、内藤鳴雪は子規を論じて次のように書いている。

「今一つ彼の人物に関することをいへば、理想上に於ては高い理想を持て居なかつた。文学上の理想も強がち哲学的な考を有して居る訳で

はなく、只日常眼前の美的趣味を歌ふと云ふ丈で、人生観も人間観以上はなかつた」(「正岡子規論」明治四十)

子規は書くことが好きで、朝から晩まで何かを書いていたが、夏目漱石も、子規の学生時代、これを注意して「御前の如く朝から晩まで書き続けにては此Ideaを養ふ余地なからんかと掛念仕る也。……」という手紙をやっているが、ここには、子規の思想性の欠落ということが指摘されている。子規の作品が、芭蕉の俳句のような深みがなく、平板で陰影にとぼしいのも、ここに由来しているが、子規の客観主義とそれにともなう写生の精神は、たんに洋画のスケッチに学んだだけでなく、そこには彼の体質的なものがあったことも語られている。

そして、それは明治の文明開化に生きた子規の健康な精神であったと言っていいであろう。そうした健康で率直な精神がなければ、病床に伏したわずか三十五歳の生涯で、あれだけ膨大な著作も、俳句の革新、そして写生による短歌の革新、さらに写生文による文学上の革新もできなかったであろう。俳句だけでなく、短歌にも文学にも子規の革新の影響は、子規山脈として、今日も脈々と続いている。

二　碧門の隆盛

正岡子規が亡くなった後、『ホトトギス』は高浜虚子が継承し、新聞『日本』の俳句欄「日本俳句」は河東碧梧桐（かわひがしへきごどう）が継承した。初め両者とも日本派の俳人共通の発表の場だったが、碧梧桐、虚子の間にしだいに俳句観の相違が起こり、この後数年間は碧門（碧梧桐一門）の『日本俳句』が、俳壇を独占するような勢いになった。ことに碧梧桐が、『三千里』（明治四十三）、『続三千里』（大正三）の、明治三十九年（一九〇六）より二回にわたる全国行脚を行い、新傾向俳句の普及に努めて以来、全国の俳壇を制覇するに至った。

碧梧桐は子規の在世中は、子規の「写生」に従って、

桃咲くや湖水のへりの十箇村（じっかそん）
春寒し水田の上の根なし雲
赤い椿白い椿と落ちにけり
強力（ごうりき）の清水濁して去りにけり

この道の富士になり行く芒かな

など、平明な写生俳句をつくっていた。

子規の没後、右の『三千里』の旅の途中詠んだ、

思はずもヒヨコ生れぬ冬薔薇

などの句を、大須賀乙字が「俳句界の新傾向」（明治四十一）を書いて、従来の直叙的な写生からぬけ出て、暗示法に富み、季語も象徴的に用いられていると称揚して以来、「新傾向俳句」と呼ばれて、俳壇の大勢をしめるに至った。それは季題趣味を革新し、より社会に接し、個性を発揮しようとしたもので、当時の自然主義文学の影響を受けて、

無中心論、すなわち従来の意味での中心のない句、なるべく人為を加えず、自然現象そのものに接近して、「覚醒的自我による動的な自然描写」を目指す、というものだった。

子規は碧梧桐と虚子を称して、「碧梧桐は冷かなること水の如く、虚子は熱きこと火の如し。碧梧桐の人間を見るは猶無心の草木を見るが如く、虚子の草木をみるは猶有情を見るが如し。随つて其作る所の俳句も一は写実に傾き、一は理想に傾く」と言っているが、子規没後の碧梧桐は、むしろ芸術至上主義で、新傾向俳句から、さらに進んで、自由律に移り、最後にはルビ俳句に進んで、その結果、作品は散文化し、難しく不明瞭なものとなり、衆望を失って、ついに昭和八年、俳壇引退声明を出し、いさぎよく俳壇を退いた。理想を追って俳句に敗れたと言っていいであろう。ここに碧梧桐の各時代の作品をあげて、その推移を見ておこう。

「新傾向時代」

春寒し子の愛憎に我を恥づ

長閑なる水暮れて湖中灯ともれる（上諏訪）

「自由律時代」

干足袋の夜のまゝ日のまゝとなり

山吹咲く工女が窓々の長屋

「ルビ俳句時代」

ペンを替ふるに早きも紙面(スベ)りて楽しきを
便通(ツウ)じてよき秋(ヒル)らし光(カゲ)を机(シゴト)に向ふ

三　自由律俳句の作家たち

大正四年（一九一五）に創刊された『海紅』は中塚一碧楼(いっぺきろう)が編集に当たり、河東碧梧桐とともに小沢碧童(へきどう)、喜谷六花(きたにりっか)、滝井折柴(せっさい)（小説家滝井孝作）などの作家が集まり、生活にそくした実感を大事にし、直接的で切実な表現を目指し、碧門の運動のピークをなした、自由律俳句の雑誌であった。

盆灯籠よわが酔ひしれて寝まるなり　小沢碧童

菊澄める朝のそよ風たちそむる梢　喜谷六花

お前の正直な日がくれて夏座敷　滝井折柴

火燵ふとんの華やかさありて母老い給ふ　中塚一碧楼

大正十一年(一九二二)、碧梧桐が『海紅』からはなれ、以後一碧楼が事実上の主宰者となった。一碧楼は『海紅』以前からすでに、自由律をつくっていたが、その作風は頽唐派的傾向から、しだいに理想主義・人道主義的なものに移っていった。

草　青　々　牛　は　去　り　中塚一碧楼

かな〱鳴いて一日が暮れる木々の根方
蛍を見てねむる夜の一つの枕
母に逢はず母死にしより霜の幾朝
病めば蒲団のそと冬海の青きを覚え（絶句）

明治四十四年（一九一一）、荻原泉水は雑誌『層雲』を碧梧桐の援助を得て創刊したが、新傾向俳句が自然主義文学の影響を受けて、詩的統一を失ってきたのを機に、碧梧桐とたもとを分かつ。そして、「内的生命の充実」を説き、俳句を「印象詩」「象徴詩」と定義づけ、句のたましい、句の光、句の力の発揚を願って、しだいに東洋的な心境詩としての自由律俳句をつくるようになる。彼の門下から、尾崎放哉（さい）や種田山頭火など、放浪あるいは行乞（ぎょうこつ）の生涯を送って、短い一行の句に、思想的・宗教的心境をたくした作家たちが出てきたのも、そうした井泉水の影響とも言えよう。

たんぽぽたんぽぽ砂浜に春が目を開く　　荻原井泉水

空をあゆむ朗朗と月ひとり

空はさびしよ家あらば烟（けむり）をあげよ

わらやふるゆきつもる

海がよく凪いで居る村の呉服屋　　尾崎放哉

月夜の葦（あし）が折れとる

肉がやせて来る太い骨である

へうへうとして水を味ふ　　種田山頭火
笠も洩りだしたか
おちついて死ねさうな草枯るる

四　虚子の俳壇復帰とその作風

春風や闘志いだきて丘に立つ　　高浜虚子

高浜虚子は、河東碧梧桐の新傾向俳句が全国を席巻している間、しばらく俳壇から退き、夏目漱石の『吾輩は猫である』に刺激されて、小説を志し『風流懺法』『斑鳩物語』などを書いていたが、新傾向俳句が急進的で季題趣味を排撃する傾向を見せたのに反対し、大正二年（一九一三）、自らを俳句の伝統を守る守旧派と称して俳壇に復帰した。右の句は、その宣言のような一句である。

俳句は一種の古典文芸であると宣言し、さらに「十七字、季題趣味という拘束を喜んで俳句の天地に安住するものであります。この拘束あればこそ俳句の天地が存在するものと考えるものであります」と言い、平明で余情のある俳句を鼓吹した。

正岡子規の「写生」を受けついで、虚子もまた「客観写生」を唱えたが、子規が虚子を評したように、もともと「有情の人」で、その写生観、季題観にもおのずから、子規と虚子にはちがいがあった。子規が虚子を道灌山にさそって、『ホトトギス』のあとをつぐようにとしきりたのんだとき、その拘束をきらって、虚子が断ったことは有名な話だが、その同じ道灌山の茶店に休み、下のがけに夕顔の花が白々とさき始めたのを見てのふたりの対話がそのちがいをよく物語っている。それは虚子の「写生趣味と空想趣味」（明治37）に書かれている。

子規が「夕顔の花といふものゝ感じは今迄は源氏（物語）其他から来て居る歴史的の感じのみであつて俳句を作る場合にも空想的の句のみを作つて居つた。今親しく此夕顔の花を見ると以前の空想的の感じは全く消え去りて新らしい写生的の趣味が独り頭を支配するやうになる」と言ったのに対し、虚子はこれに反対して、「一半の美は其花の形状等目前に見る写生趣味の上にあるのであるが、一半の美は源氏以来の歴史的連想即ち空想趣味の上にある」と言い、空想趣味とは「古人が一握(ひとにぎり)づつ土を運んで築き揚げて呉れた趣味」であり、写生趣味とは「古人が一握づつの土を運んで築き揚げて呉れた趣味の上に更に一握の土を加へようとするところのもの」というのが虚子の考えであった。

たとえば、虚子の昭和五年の作に、

帚木(ははきぎ)に影といふものありにけり

という一句がある。虚子自身は不思議に彼の句集にこの句を採録していないが、「古今六帖」の「薗原(そのはら)の伏屋(ふしや)に生(お)ふる帚木のありとて行けど逢はぬ君かな」(注——薗原・伏屋はともに信濃(しなの)の地名)や「源氏物語」の「帚木の巻」の面影を引いて、しかも、現実の帚木の姿をよく見すえたみごとな写生句であるところに、右の彼の写生観がよく出ている。

桐（きり）一葉（ひとは）日当りながら落ちにけり
秋天（しゅうてん）の下に野菊の花弁欠く
囀（さへづり）の高まり終り静まりぬ
流れ行く大根の葉の早さかな
夕影は流るる藻にも濃かりけり

など、彼の写生句の代表と言われるものだが、彼が当時の『ホトトギス』の主観的傾向をおさえるために「客観写生」を強調したのは、大正七年（一九一八）ごろである。

虚子はさらに加えて、昭和二年、「花鳥諷詠（ふうえい）」を唱える。以後「花鳥諷詠」が俳句の理念、「客観写生」が俳句の方法ということになっていく。「花鳥諷詠」とは、花や鳥などたんに自然を歌う、というふうに誤解されやすいが、そうではなく、虚子は次のように述べている。

「花鳥諷詠といふこと――それは再び云ふが、春夏秋冬の移り変りによつて起つて来る自然界、人事界の現象をいふのであります。このことはくどいやうであるが繰り返し言つておかないと誤解をうけるおそれがあります。たゞ花と鳥とを詠ふといふ意味ではない、花鳥といふ二字によつて四季の移り変りのあらゆる現象を代表さした言葉なのでありります」（『俳句読本』昭和10）

この「花鳥諷詠」は虚子の俳句におけるもっとも大きな思想と言え

よう。そしてこの思想は、はるかに芭蕉の「笈の小文」の、
「……しかも風雅におけるもの造化にしたがひて四時を友とす。見る
処花にあらずといふ事なし。おもふ所月にあらずといふ事なし。……
造化にしたがひ造化にかへれとなり」
という思想に通じる。ただ芭蕉は、おのれの一生を旅にかけて、この
理念を追求したが、虚子はこの思想の上に、初めからでんとあぐらを
かいて、おのずから年輪を加えて、鬱然たる大樹となったおもむきが
ある。
　そして、「花鳥諷詠」の見地は、さらに最晩年には「存問」という
言葉に言いかえられている。「四季の自然、人間に対する私の存問で
ある」というのがそれで、「存問」とは日常のあいさつ「お暑うござ

います」「お寒うございます」というのと同じである。明治から大正、昭和三代にわたり、俳壇に君臨し、いまや存問の自在でゆうゆうの境地に達したものと言えよう。

日のくれと子供が言ひて秋の暮

枯菊の色をたづねて虻（あぶ）来（きた）る

彼（かれ）一語我（われ）一語秋深みかも

去年（こぞ）今年（ことし）貫く棒の如きもの

苔寺（こけでら）を出てその辺の秋の暮

春の空人仰ぎゐる何も無（な）し

そして、

春の山屍（かばね）をうめて空（むな）しかり

独り句の推（すい）敲（こう）をして遅き日を（句仏十七回忌）

の句を残して、昭和三十四年四月八日、八十五歳の生涯を閉じた。

五　『ホトトギス』の興隆

さて、大正二年（一九一三）、俳壇に復帰した虚子の傘下に、各地の俊英が集まってきた。虚子は翌三年『ホトトギス』正月号に「大正二年俳句界に二人の新人を得たり。曰く普羅、曰く石鼎」と書き、以後連載した「進むべき俳句の道」に二十三人の作家を取り上げている。中でも渡辺水巴、村上鬼城、飯田蛇笏（だこつ）、前田普羅、原石鼎（せきてい）などの作家により『ホトトギス』は第一期の興隆期をむかえた。

水巴を除けば、これらの作家の共通の特色は、後の昭和初期の四S（秋桜子、誓子、素十、青畝）——第二期の興隆期——が多く都会の教養人であったのに対し、ともにはげしい情熱をいだきながら、失意のうちに都会を去り、鬼城は上州、蛇笏は甲斐に、また石鼎は吉野、普羅は越中に、というように地方に移り、山岳と風雪の厳しい自然の中に、己の俳句の背骨を立てるほか道のなかった作家たちであったと言うことができよう。それだけに、彼らの肺活量は大きく、大自然の風雪に対抗して、その気迫のはげしさ、骨格のたくましさは、近代俳句史上、類のない高い峰をなした。水巴をふくめて、ともに、形而上的な（具体的な形を超越した）精神の高さを持って、格調の高い作品を示している。

冬山やどこまで登る郵便夫　　渡辺水巴
かたまつて薄き光の菫かな
白日は我が霊(たま)なりし落葉かな
秋風や眼を張つて啼く油蟬
寂寞(じやくまく)と湯婆(たんぽ)に足をそろへけり
生きかはり死にかはりして打つ田かな　　村上鬼城
闘鶏の眼(まなこ)つぶれて飼はれけり
冬蜂の死にどころなく歩きけり
残雪やごう〲と吹く松の風

ゆさ〳〵と大枝ゆるゝ桜かな

芋の露連山影を正しうす　　飯田蛇笏

山国の虚空（こくう）日わたる冬至かな

秋立つや川瀬にまじる風のおと

くろがねの秋の風鈴鳴りにけり

冬滝（ふゆたき）のきけば相つぐこだまかな

春尽きて山みな甲斐に走りけり　　前田普羅

雪解川名山けづる響かな

駒ヶ嶽凍てゝ巌を落しけり

鳥落ちず深雪（みゆき）がかくす飛驒の国

かりがねのあまりに高く帰るなり

頂上や殊に野菊の吹かれ居り　　原　石鼎

高々と蝶こゆる谷の深さかな

首のべて日を見る雁や蘆（あし）の中

鶲（ひたき）来て色つくりたる枯木かな

諸鳥（もろどり）の渡り了（おほ）せし夜となりぬ

ことに蛇笏と普羅は、普羅が「きつい蛇笏」と言えば、蛇笏もまた「気魄の普羅」と言ってともに認め合ったライバルだった。

そして、以上の作家の厳しい精神を打ちこめた高い格調の作品は、いわば主観色のこい作品でもあろう。もともと主観色の強かった虚子は、これらの主観的傾向の作品をよしとしたが、やがて安価な主観句が氾濫（はんらん）するにおよんで、それをおさえるために、大正七、八年（一九一八、一九）ごろ、「客観写生」を強調する。しかしそのため無味乾燥な個性のない、瑣末（さまつ）な客観写生句を氾濫させる結果となった。やがて客観写生に不満をいだいたこれらの作家たちは、水巴は『曲水』、蛇笏は『雲母』、普羅は『辛夷』、石鼎は『鹿火屋』と、おのおの独立の主宰誌をもって、虚子を離れてゆくことになっていった。

なお、臼田亜浪は、『ホトトギス』俳句を低回趣味と批判して、大正四年（一九一五）『石楠』を創刊、心のまことを俳句に求めた。

鵯のそれきり啼（な）かず雪の暮　臼田亜浪

木曾路ゆく我も旅人散る木の葉
郭公や何処までゆかば人に逢はむ
ふるさとは山路がかりに秋の暮
ひとへもの径の麦に刺されたり

六　女流俳人の台頭

芭蕉から明治時代まで、女流俳人として名をとどめているのは野沢羽紅（凡兆の妻）、斯波園女、加賀の千代尼、明治の沢田はぎ女など、ごくわずかで、和歌とちがって俳句は男の独占と言っていい文芸であった。もちろん女性の家庭的地位や社会環境によるところが大きいのだが、また俳句の性格には男性的要素――たとえば滑稽(こっけい)――があることも事実であった。

女流俳人が台頭を始めたのは、大正二年(一九一三)、高浜虚子が『ホトトギス』に「婦人十句集」を設(もう)け、さらに五年、「ホトトギス婦人俳句会」を発足させてからである。この「婦人俳句会」の幹事役を務めたのが長谷川かな女で、会員には真下真砂女、高橋淡路女、西脇茅花女、阿部みどり女などがいたが、中でも女流作家として頭角を現したのが、かな女、みどり女、それに杉田久女、竹下しづの女の四人である。

羽子板(はごいた)の重きが嬉し突かで立つ　長谷川かな女

汐（しお）上げて淋しくなりぬ澪標（みおつくし）

母とあればわれも娘や紅芙蓉（べにふよう）

夏蝶や花魁草（おいらんそう）にばかり来る　阿部みどり女

風吹いて牡丹（ぼたん）の影の消ゆるなり

初鶏（はつどり）にこたふる鶏（とり）も遠からぬ

紫陽花（あじさい）に秋冷いたる信濃かな　杉田久女

朝顔や濁り初めたる市の空

谺（こだま）して山ほととぎすほしいまゝ

短夜（みじかよ）や乳（ち）ぜり泣く児を須可捨焉乎（すてつちまをか）　竹下しづの女

緑蔭や矢を獲ては鳴る白き的

山の蝶コックが堰（せ）きし扉（と）に挑（いど）む

江戸下町の美意識がにじむかな女、温和な写生句のみどり女、久女の天才的な作風、しづの女の大胆で男性的な歌い方、それぞれに特色がある。

七　四Sの台頭——抒情の回復と近代的素材

「客観写生」の主張の下に、しばらく沈滞していた『ホトトギス』は四Sの台頭によって、昭和初期ふたたび黄金期をむかえる。四Sとは、東の水原秋桜子、高野素十、西の山口誓子、阿波野青畝の四作家の俳号の発音から、山口青邨（せいそん）がつけた呼称である。大正初めの飯田蛇笏、前田普羅たちによる第一期の興隆期が、そびえ立つ山脈の時代とすれば、この四Ｓの時代は、平原の時代と言えよう。そこにさくとりどりの草花、またそこに立った都市の近代的風物に新しい光を当てた時代である。

　水原秋桜子は初め窪田空穂に短歌を学び、万葉風の言葉やしらべを取り入れて、いままでの「わび」「さび」といった、やや暗い室内的芸術から俳句を明るい外光の中に引き出し、絵画で言えば印象派風の明るい抒情句を、そして山口誓子は、いままで俳句によまれることのなかったスポーツや都市の風物に素材を広げ、虚子より「辺境に鉾を進める征夷大将軍」と呼ばれた。

　高野素十は虚子の「客観写生」「花鳥諷詠」の使徒としてそれを守

りつつも、自然の機微にふれる的確な作風を形成し、阿波野青畝は庶民的で温かく、品位のある自在な詠風を開いた。このふたりもともにしらべを大切にしたことは言うまでもない。『ホトトギス』の客観写生の歴史の中で、四S時代もまたある意味で主観の高揚期であったと言えよう。

高嶺(たかね)星(ぼし)蚕(こ)飼(がい)の村は寝しづまり　　水原秋桜子

葛飾(かつしか)や桃の籬(まがき)も水田べり

啄木鳥(きつつき)や落葉をいそぐ牧の木々

春惜むおんすがたこそとこしなへ（百済観音）

蟇(ひき)ないて唐招提寺春いづこ

流氷や宗谷の門波(となみ)荒れやまず　山口誓子
日(ひ)蔽(おおい)やキネマの衢(ちまた)鬱然(うつぜん)と
匙(さじ)なめて童たのしも夏氷
七月の青嶺(あおね)まぢかく熔鉱炉
スケートの紐むすぶ間も逸(はや)りつつ

ひるがへる葉に沈みたる牡丹かな　高野素十
蟻地獄松風を聞くばかりなり
方丈の大庇(おおひさし)より春の蝶
笏(しゃく)もちて面かくるる雛(ひいな)かな
甘草(かんぞう)の芽のとびとびのひとならび

緋連雀(ひれんじやく)一斉に立ってもれもなし　阿波野青畝
国原(くにはら)や桑のしもとに春の月
葛城(かつらぎ)の山懐(やまふところ)に寝釈迦(ねじやか)かな
けふの月長いすゝきを活けにけり
いりあひの鵆(ちどり)なるべき光かな

しかし、虚子が客観写生を遵守する素十を称揚したため、かねてから「客観写生」「花鳥諷詠」にあきたらなさを感じていた秋桜子は、素十の「甘草の芽……」などの俳句を瑣末(さまつ)主義的な「草の芽俳句」と称し、昭和六年、主宰誌『馬酔木(あしび)』に「自然の真と文芸上の真」を発表、「自然の真」はそのままではまだほり出されたままの鉱(あらがね)で、その鉱を頭の中で鍛錬し、加工して、個性の表現としての「文芸上の真」に到達しなければならない、と説き、客観写生の『ホトトギス』に反旗をひるがえして独立、やがて山口誓子も『馬酔木』に加盟するに至った。ここに大きく俳壇は分裂し、以後俳壇は秋桜子、誓子らを中心として動き、彼らの新しい俳句の革新によって、現代俳句はここから出発することになった。

一方、虚子の『ホトトギス』も依然として強い勢力を保ちながら、次のような作家が以後の『ホトトギス』を支えることになった。松本たかし、川端茅舎（ぼうしゃ）、富安風生、山口青邨といった作家たちである。

松本たかしは能役者の名門松本長（ながし）の長男として生まれ、川端茅舎は日本画家川端龍子（りゅうし）の異母弟で、たかしは能役者、茅舎は画家を志したが、ともに病弱のため、俳句に打ちこみ、「茅舎浄土」「たかし楽土」と呼ばれる独特の芸品の高い句境を生み出した。

たんぽぽや一天玉の如くなり　　松本たかし
芥子咲けばまぬがれたく病みにけり
燕の飛びとどまりし白さかな
高原の薄みぢかき良夜かな
まひまひの円輝きて椿泛く
金剛の露ひとつぶや石の上　　川端茅舎
ひらくと月光降りぬ貝割菜
ぜんまいののの字ばかりの寂光土

また微熱つくつく法師もう黙れ

石枕してわれ蟬か泣き時雨（しぐれ）

富安風生と山口青邨の二作家は、ともに東大を卒業、知識人として花鳥諷詠のわく内で、ゆうゆうと俳句を楽しむ、近代的な文人派の作家と言えよう。富安風生は昭和五十四年に九十三歳で、山口青邨は平成元年に九十六歳で亡くなった。

みちのくの伊達（だて）の郡（こおり）の春田かな　　富安風生

よろこべばしきりに落つる木の実かな

まさをなる空よりしだれざくらかな

昔（むかし）男ありけりわれ等（ら）都鳥

赤富士に露滂沱（ぼうだ）たる四辺（しへん）かな

仲秋や花園のものみな高し　　山口青邨

人それぞれ書を読んでゐる良夜かな

みちのくの雪深ければ雪女郎

山ざくらまことに白き屛風かな

法師蟬鳴く短さよふと暮るゝ

八　女流俳句の興隆

昭和に入って女流俳人が多くなったが、中でも、男性の四Sに対して、いわゆる四T——星野立子（虚子の娘）、中村汀女、三橋鷹女、橋本多佳子——の女流作家がことに活躍した。大正時代のかな女、みどり女らのしとやかで家庭的な作品に比べて、いっそう自由に、感覚も繊細に、しかも大胆になっているのが特色といえる。

父がつけしわが名立子や月を仰ぐ　　星野立子

昃（ひかげ）れば春水（しゅんすい）の心あともどり

下萌えぬ人間それに従ひぬ

稲妻のゆたかなる夜も寝べきころ　　中村汀女

あはれ子の夜寒（よさむ）の床の引けば寄る

外（と）にも出よ触るるばかりに春の月

夏痩せて嫌ひなものは嫌ひなり　三橋鷹女

白露（しらつゆ）や死んでゆく日も帯締めて

鞦韆（しゅうせん）は漕ぐべし愛は奪ふべし

蛍籠昏（くら）ければ揺り炎えたゝす　橋本多佳子

罌粟（けし）ひらく髪の先まで寂しきとき

乳母車夏の怒濤によこむきに

九　新興俳句

水原秋桜子、山口誓子らによる新しい俳句は「新興俳句」と呼ばれたが、新興俳句はさらに、俳句も文学である以上、季題にかならずし

もとらわれる必要はないとして、季題のない無季俳句が興った。たとえば、

満天の星に旅ゆくマストあり　篠原鳳作
しんしんと肺碧(あお)きまで海の旅

のような作品である。無季俳句運動は吉岡禅寺洞の『天の川』、島田青峰の『土上』、松原地蔵尊の『句と評論』、日野草城の『旗艦』、あるいは平畑静塔らの『京大俳句』をよりどころとして興ったが、その中でも、もっとも目覚ましい活躍を見せたのは、吉岡禅寺洞、日野草城、西東三鬼、東京三（後、秋元不死男）、平畑静塔、富沢赤黄男(かきお)、高屋窓秋、渡辺白泉などである。

一握（いちあく）の砂を蒼海（そうかい）にはなむけす
黄沙（こうさ）降り台湾メール沖をゆく
吉岡禅寺洞

コントラバス白き腕（かいな）を纏（ま）きて弾く
ひしひしと楽（がく）を鞭（むちう）つ銀のタクト
日野草城

道化師や大いに笑ふ馬より落ち
兵隊がゆくまつ黒い汽車に乗り
西東三鬼

ルンペンら火を焚（た）き運河薔薇（ばら）色（いろ）に
戦死者の子と街にあり軍歌湧く
東　京三

病院船礁（いわ）褐色（かっしょく）に故国なり
黒髪の国の二日を黙（もだ）し征（ゆ）く
平畑静塔

戛々（かつかつ）とゆき戛々と征くばかり　富沢赤黄男
蝶墜ちて大音響の結氷期
頭の中で白い夏野となつてゐる　高野窓秋
白い靄（もや）に朝のミルクを売りにくる
憲兵の前で滑つてころんぢやつた　渡辺白泉
銃後といふ不思議な町を丘で見た

同じ無季俳句と言っても、その傾向は写実主義、ロマン主義、主知主義、心理主義、社会主義など、近代文学のあらゆるものを取り入れてさまざまである。昭和十二年日中戦争が起こり、深刻化していくにつれて、これらの作家たちに反戦思想があるとして、昭和十五年、治安維持法によって言論が弾圧された際、いわゆる「京大俳句事件」として新興俳人たちの検挙が行われ、ついに新興無季俳句は壊滅するに至った。

十　人間探究派

新興無季俳句は一時、文学のあらゆる傾向を取り入れて、俳壇に新しい活気を示したが、やがて新奇を追うあまり、自己の生活を忘れ、観念的な虚構をもてあそぶ傾向も目立ち、マンネリ化してきた。それに不満をいだき、伝統的な季題を守りつつ、差しせまってきた暗い戦争の時代の中で、「人間如何(いか)に生きるべきか」を主題として、人間の真実感と、俳句の強靭(きょうじん)な性格を生かそうとする「人間探究派」と言われる作家たちが台頭してきた。『ホトトギス』から出た中村草田男（くさたお）、『馬酔木』に育った加藤楸邨、石田波郷などの作家がそれである。またこれらの作家は従来の花鳥諷詠（ふうえい）的写生とちがって、心理的な屈折をたたんだ表現が一般に難解とされ、一時「難解派」と呼ばれたこともあった。

軍隊の近づく音や秋風裡　　中村草田男

外套（がいとう）の釦（ぼたん）手ぐさにたゞならぬ世

万緑の中や吾子（あこ）の歯生え初（そ）むる

壮行や深雪（みゆき）に犬のみ腰をおとし

雪に征（ゆ）きぬ職員室の端戸（はしど）より

鰯雲（いわしぐも）人に告ぐべきことならず　加藤楸邨

その冬木誰も瞶（みつ）めては去りぬ

外套の襟立てて世に容れられず

つひに戦死一匹の蟻ゆけどゆけど

灯を消すやこころ崖なす月の前

百日紅（さるすべり）ごくごく水を呑むばかり　石田波郷

英霊車去りたる街に懐手（ふところで）

冬日（ふゆひ）宙（ちゅう）少女鼓隊に母となる日

朝寒の市電兵馬と別れたり

雁（かりがね）やのこるものみな美しき（留別）

『石楠』（臼田亜浪主宰）から出た大野林火もまた、「人間探究派」に共感を寄せながら、抒情性豊かな作品をつくった。

さみだるる一燈長き坂を守り　　大野林火
寒さ堪へがたし妻子待つ灯に急ぐ
梅雨見つめをればうしろに妻も立つ
蚤取粉買ふや夜の雲いらだたし
征くひとに一夜の宴の蛍籠

十一　戦後俳句

第二次世界大戦は、日本軍の戦死者二三〇万、一般市民の死者八〇万人という惨澹（さんたん）たる状況の下に、ようやく昭和二十年八月十五日、日本の敗戦によって終結した。

秋蟬も泣き蓑虫も泣くのみぞ　高浜虚子

終戦の夜のあけしらむ天（あま）の川（がは）　飯田蛇笏

烈日の光と涙降りそゝぐ　中村草田男

一本の鶏頭燃えて戦終る　加藤楸邨

寸前や法師蟬ふゆるばかりなり　石田波郷

これらは、終戦の詔勅を拝し、敗戦という現実をむかえたときの諸家の作品である。

戦時中、言論の弾圧、紙不足による雑誌の統合、廃刊などによって沈滞していた俳句の世界も、ふたたび焦土の中から立ち上がった。

もちろん、高浜虚子、飯田蛇笏、水原秋桜子、富安風生、阿波野青畝、高野素十、山口青邨、あるいは「人間探究派」の中村草田男、加藤楸邨らの大家は、戦時中も熱心に作句に努め、戦後もそれぞれの志向に基づいておのおの豊かな歩みを進めた。また戦時中、発表を止められていた新興無季俳句の西東三鬼、平畑静塔、秋元不死男らも山口誓子をもり立てて『天狼（てんろう）』を創刊し、「根源俳句」を唱えて活躍をはじめたし、日野草城、石田波郷も長い病床にふせながら優れた作品を発表しはじめた。

しかし、戦後の動向としてもっとも注目すべきは、実際に戦争を体験した、当時三十代作家と呼ばれた若い作家たちによる「社会性俳句」の運動であろう。

昭和二十一年十一月号の雑誌『世界』に発表されたフランス文学者桑原武夫の「第二芸術」は、俳句界に大きな衝撃をあたえた。現代俳句には、思想性、社会性の要素が欠如し、それは作家の無自覚によるもので、結局俳句は第二芸術にすぎない、という論旨である。この論文は俳句という詩型とその伝統に対する認識を欠いているところがあったが、戦中派の三十代作家に大きな影響と刺激をあたえ、これらの作家を中心に、昭和三十年前後、「社会性俳句」が俳壇の大きな問題となっていった。当時三十代作家を結集していた俳誌『風』が社会性論議の中心となったが、「社会性俳句」とはその中心的存在であった沢木欣一が言うように、社会的イデオロギーを根底に持った生き方、態度、意識、感覚から生まれる俳句を中心に、広い範囲の進歩的な傾向にある俳句をふくめた呼称である。おもに次のような作家が活躍している。

塩田に百日筋目つけ通し　沢木欣一
飢餓の夏民の一つ燈(ひ)点々と　原子公平
白蓮白シャツ彼我ひるがえり内灘(うちなだ)へ　古沢太穂
原爆許すまじ蟹かつかつと瓦礫(がれき)歩む　金子兜太
秋風やかかと大きく戦後の主婦　赤城さかえ
ヒロシマの忌や群衆の泳ぎの声　鈴木六林男
齢(よはい)来て娶(めと)るや寒き夜の崖　佐藤鬼房

射ち来る弾道見えずとも低し　三橋敏雄

しかし、金子兜太（とうた）は昭和三十二年「俳句の造型について」、三十六年「造型俳句六章」を発表して、リアリズムを方法とする社会性俳句から、さらに進めて、「自己と物との間に創造する主体をおき、人間存在を表現」する新しい詩的方法論を展開し、いわゆる前衛俳句への道を進みはじめた。

彎曲（わんきょく）し火傷し爆心地のマラソン　金子兜太

果樹園がシャツ一枚の俺の孤島

青年鹿を愛せり嵐の斜面にて

どれも口美し晩夏のジャズ一団

金子兜太と主張は異なるが、多行形式で抽象的方法で俳句を書く作家に高柳重信（昭和五十八年没）がいる。

電柱の　杭（くい）のごとく　高柳重信
キの字の　墓
平野　たちならび
灯ともし頃　打ちこまれ

だが、前衛俳句は俳壇のごく一部分の少数の作家たちであり、現在の俳壇の主流をなしているのはもちろん伝統派である。新鮮な感覚とおのおの俳句観に基づいて、現在もっとも活躍している伝統派の作家たちの作品をあげてみよう。（なお野見山朱鳥（あすか）は昭和四十五年に、角川源義（げんよし）は五十年に、香西照雄は六十二年に、岸田稚魚は六十三年に、亡くなっている。）

紺絣（こんがすり）春月重く出（い）でしかな　　飯田龍太

白梅のあと紅梅の深空（みそら）あり

荒海や雪囲（しょがき）のかげのかごめ歌　　石原八束

くらがりに歳月を負ふ冬帽子

冬波に乗り夜が来る夜が来る　　角川源義

花あれば西行の日とおもふべし

鬼灯(ほおずき)市(いち)夕風のたつところかな　　岸田稚魚
林中やきちきちと散る夜の雪

コスモスの押しよせてゐる厨口(くりやぐち)　　清崎敏郎
泳ぎ子を警(いまし)め通る草刈女(くさかりめ)

雪嶺(せつれい)や春の夕べの村の屋根　　草間時彦
茶が咲いて肩のほとりの日暮かな

夏濤(なつなみ)夏岩あらがふものは立ちあがる　　香西照雄
急(せ)く仔犬四肢もにぎやか七五三

春近し雪にて拭ふ靴の泥　　沢木欣一
仏壇の金潤へり春吹雪

みちのくの星入り氷柱(つらら)われに呉れよ　鷹羽狩行

天瓜粉(てんかふん)しんじつ吾子(あこ)は無一物

鳥の眼の如き種子もち梨の芯　田川飛旅子

ぎすぎすと太陽しづむ芒原(すすきはら)

長靴に腰埋め野分の老教師　能村登四郎

春ひとり槍投げて槍に歩み寄る

二三歩をあるき羽搏(う)てば天の鶴　野見山朱鳥

みなうしろ姿ばかりの秋遍路

吾を容れて羽ばたくごとし春の山　波多野爽波

澄む水の上くる風や衣紋竹(えもんだけ)

雁ゆきてまた夕空をしたたらす　　藤田湘子

揚羽より速し吉野の女学生

雪嶺のひとたび暮れて顕はる　　森　澄雄

白をもて一つ年とる浮鷗

十二　女流俳人の輩出

さて、戦後のもっとも大きな特色は女流俳人が輩出したことである。女性の地位の向上、家庭機具の電化などによって時間的な余裕が生じたこともあるが、何よりも女性の自覚が高まったことが原因であろう。いまや、各結社雑誌の大半を女性がしめているほどである。まさに百花繚乱(かりょうらん)と言える。もはや女流俳人を特別に取りあつかうのがおかしいくらいである。

最後に現在活躍しているおもな女流作家の作品をあげておく。(なお、柴田白葉女は昭和五十九年に、加藤知世子は六十一年に亡くなった。)

鶏頭(けいとう)を三尺離れもの思ふ　　細見綾子
古九谷(こくたに)の深むらさきも雁の頃
ゆるやかに着てひとと逢ふ蛍の夜　　桂　信子
野遊びの着物のしめり老夫婦
葉桜やほどよく煮えしうづら豆　　鈴木真砂女

新涼や尾にも塩ふる焼肴(やきざかな)
陸奥(むつ)の海くらく濤(なみ)たち春祭　　柴田白葉女

月光のおよぶかぎりの蕎麦(そば)の花
茶の花の戦(いくさ)といへど寂(しず)けさよ　　加藤知世子

馬は未明の泉のむ鈴りんりんと
風花(かざはな)の触れしかば口結びけり　　殿村菟絲子

熱き風呂(ふろ)忽(たちま)ちおとす木枯(こがらし)へ
春昼(しゅんちゅう)の指とどまれば琴(こと)も止む　　野沢節子

せつせつと眼まで濡(ぬ)らして髪洗ふ
牡丹(ぼたん)散るはるかより闇(やみ)来つつあり　　鷲谷七菜子

行き過ぎて胸（むね）の地蔵（じぞうえ）会明りかな

さて、今日の俳句は、女流俳人の増加をふくめて、史上かってない繁栄をみている。俳句人口の増加がただちに俳句の質的な向上につながるかどうか。ただ漫然とつくるのではなく、もう一度「俳句とは何か」という本質を見つめるとともに、「自分にとって俳句とは何か」という問いを切実に問いつめてつくっていくほかはないであろう。

本章で取り上げた以外の作家、また次代を担う優れた作家たちが続続と生まれ、ひしめき合っていることも事実である。それはつぎつぎと俳句の未来に新しい展望が開いてゆくことになろう。

本書は、株式会社KADOKAWAのご厚意により、角川ソフィア文庫『俳句への旅』を底本としました。但し、頁数の都合により、上巻・下巻の二分冊といたしました。

俳句への旅　上

（大活字本シリーズ）

2016年12月10日発行（限定部数500部）

底　本　角川ソフィア文庫『俳句への旅』

定　価　（本体2,800円＋税）

著　者　森　　澄雄

発行者　並木　則康

発行所　社会福祉法人 埼玉福祉会

埼玉県新座市堀ノ内3—7—31　〒352—0023

電話　048—481—2181

振替　00160—3—24404

印刷製本所　社会福祉法人　埼玉福祉会 印刷事業部

ISBN 978-4-86596-121-8